嗨！我是小香咕，好久不见啦！看到我的新发型了吗？我的衣服漂不漂亮？我遇上很多新鲜又好玩的事儿呢，想看看吗？

香 咕：

　　她悄悄去了自己的家。以前，爸爸出海回来，就喜欢带着她和妈妈出门散步。他一路上挥着手打拍子，为她们唱好听的歌曲。爸爸多爱自己的家呀，他总说这个美丽的家就是一个月亮，妈妈是漂亮的嫦娥姑娘，香咕是可爱的小玉兔，他自己就是吴刚，一家人会幸福地生活下去，一百年、一千年之后，他们还相互爱着彼此。可是现在呢？

香 拉：

　　她是外婆的"拉拉心肝"，所以她有时就很不讲理。一会儿吵着要流浪去，后来去了渔村，又要在林子里打猎。但她不会打猎呀，再说也没有弓箭、刺刀，结果大家新结识的妞儿就把家里的小公牛给牵来了，算香拉打猎打到的野牛……

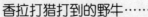

车大鹏：

他和何桑拼过一次之后，叫她"没桑"，意思是"没有何桑最好"。他在男孩中的威信居然提高了很多，男孩们叫他"车大"，汪警官要抓蒙面大盗也找他呢。后来，连女孩们也这么叫他了。

小杨老师：

　　她口齿伶俐，说话又直又快，这样说话的人叫"刀子嘴"吧。她教过车大伟，现在早就不教了，可是车大伟还是对她恭恭敬敬的。小杨老师有个外号叫"小蜜蜂"，听说她最喜欢狠狠地"蜇"人，但是她把自己的秘密告诉了香咕她们……

何　桑：

　　她不喜欢被香咕比下去，哪怕她想说的话被香咕抢了先，她心里也会气的呀，因为她把香咕当成"冤家对头"。何桑预言说香咕的头发开始变黄了，变成"黄毛丫头"后还会再变成秃头的无毛丫头。她说："知道我是谁吗？"那是威胁的话。她还要考香咕呢，巴不得香咕出洋相。

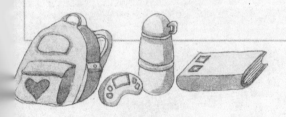

目　录

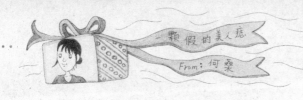

一颗假的美人痣

From：何桑

不好惹的蜜蜂老师

周五，香咕放学回到家，看见香拉已经在家里了。小家伙气呼呼的，板着小脸乒乒乓乓地整理东西，她一会儿骂木头小猪小木拖是笨蛋，一会儿又心疼了，把它搂在怀里，对它说："我们躲起来吧，可怜的小东西。"

她把小木拖放在书包里，又把在海边参加婚礼时找回来的"大海的礼物"什么的都翻出来，包在了一起，打了一个小包裹。然后她背上书包，挎起小包裹，绕到香咕面前，说："喂，你是近视眼呀?!"

"你去哪里呀?"香咕问，"要出门吗?"

"不告诉你。"香拉说，"那是秘密的事情呀。"

香拉的口气好凶呀，香咕不想再追问下去了。可是香拉却很不甘心，用脚跟使劲儿跺着地板，说："你为什么不问下去呢!"

"你不想说，"香咕说，"我再问，你会感到为难的。"

"错了! 我等着你再问呀。"香拉生气地说，"都等了好久了，如果你不问了，就是讨厌的五大蛋，因为你应该问呀。"

香咕笑一笑，心想：这个小表妹不好对付呀。她说："你为什么要说难听的话呀……我就问吧，你要出门吗?"

"对呀。"香拉说，"我再也不能在这里待下去了，我要去流浪了。"

"不做外婆的拉拉心肝了?"香咕逗她说。

香拉听香咕提到外婆，开始哭哭啼啼了，告诉香咕说，这次外婆也没有办法帮忙了，所以她得赶紧逃走，等小杨老师找上门来，她逃都逃不了啦。

大表姐香露听见后连忙问："小杨老师为什么会来我们家呢？"

"因为……她被一个小孩惹急了，她太生气了。"香拉说。

胡马丽花做了个"上帝保佑"的动作，说："天哪，哪个小孩敢惹小杨老师？她很厉害的呀。"

"就是呀。"香露说，"听说她是全世界最厉害的女老师，外号叫'小蜜蜂'。有一次她上门到何桑家去告状，把何桑训哭了，把何桑的爸爸都训得眼泪哗哗流下来呢。"

"天哪，原来何老板也怕她啊！"胡马丽花叫起来，"好害怕呀，有哪个小孩还敢惹小杨老师，吃了豹子胆吧？"

"我呀。"香拉用手指点点自己的鼻尖，带着哭音说，"那，那个小孩……就是我。"

大家都为香拉捏一把汗。

那个小杨老师看上去好像还可以，她戴着眼镜，好像年龄不大，长着一张娃娃脸。平时，香咕见了她，对她说"老师好"时，她也没有很凶，总是说"你好"，一次也没有漏掉过。但是有一次香咕去语文教研室送作业本时，看

不好惹的蜜蜂老师

见她在和车大伟说话。小杨老师口齿伶俐，说话又直又快，这样说话的人叫"刀子嘴"吧。她教过车大伟，现在早就不教了，可是车大伟还是对她恭恭敬敬的。

小杨老师的外号"小蜜蜂"，那是何桑起的。何桑因

为欺负林铁蛋和小毛满等人被小杨老师训过，所以很不服气，千方百计要花样攻击那两个小家伙。后来小杨老师知道了，就是不饶何桑。

结果还是何桑败下阵来，写了保证书。她恨死了，到

不好惹的蜜蜂老师

处说小杨老师最喜欢狠狠地"蜇"人，疼死人了呀，真是很不好惹。后来何桑看见小杨老师就绕着道儿走，怕小杨老师再找她麻烦，让她当众丢面子。反正何桑再也不敢对小杨老师班里的学生太过分了。

现在，香拉惹了那个连何桑都惧怕的小杨老师，人家就要找上门来了，小杨老师会在这里发威的呀。

"真倒霉，这下，家里人都等着挨骂吧。"香露逼问着，"你到底怎样惹的她呀？"

香拉支支吾吾的，不敢说出来，估计做得很过分呢。

从厨房里传出炸排骨的香味。

香咕说："外婆还不知道呢。"

胡马丽花说："对呀，我们先保护外婆吧！我可不愿意看到外婆被小杨老师训斥。"

"我也是。"香咕说。

"怎么个保护法？"香拉嚷嚷起来，"小蜜蜂马上就要飞来了呀。"

"我可以把外婆派到楼上去。"香露转着眼珠子，说，"我能想出好办法来。"

香露跑去厨房对外婆说，车大鸿的奶奶赛仙婆婆做的炒饭叫银包金，特别好吃呢，她让外婆马上去学一学。

"我今天晚上就想尝一尝。"

"那么急干什么呀。"外婆说，"我今晚打算给你们做排骨年糕，看我炸的排骨又香又酥的，再配上粉丝虾球汤，碧绿的菜心，弄点我腌的酸黄瓜……"

"这……"香露咽下一口口水，说不上话来。

香拉急坏了，赶紧来援助，她推着外婆说："不想吃这个，抗议！"

外婆急得笑脸儿不见了，说："拉拉心肝，都是你说要吃排骨年糕，外婆今天做了，你怎么又变了呢？"

"小孩是要变来变去的呀。"好心的胡马丽花连忙打圆场，说，"外婆，你千万别难过，我呀，也想吃银包金炒饭。"

外婆看看香咕，等着懂事的香咕来支持自己。可是香咕没有办法呀，只好狠着心把手举起来，说："我跟她们一样……好外婆，你还是去学一学吧。"

"这四个小宝贝……今天怎么了？"外婆纳闷地嘀咕着，"以前她们可是最喜欢吃我做的排骨年糕啦！"

香露见外婆不太情愿，就说陪着外婆到楼上去学厨艺。反正她喜欢去车家，去了也很合适呀，因为赛仙婆婆最喜欢香露，觉得她长着瓜子脸，漂亮，又很会做人的，跟自己童年时很相像呢。赛仙婆婆一直夸香露又体贴又乖巧，对她赞不绝口，所以车家的人全都喜欢她，叫她"白雪公主"。她一去，赛仙婆婆就恨不得把她过继过去，做他们家的公主。

不好惹的蜜蜂老师

外婆被香露转移走后，外公干脆也走了，还带着猫和狗。

房间里空荡荡的。

胡马丽花说："好孤单呀。"

香咕也有这种感觉，真是不可想象，要是这时候怒气冲冲的小杨老师像旋风一样吹进来的话，后果会怎样，说不定房间里轻的东西都会飞起来吧。

"我还是走的好，留在家里很害怕的。"香拉说。

"天都黑了，你去哪里呢?"香咕问。

香拉愣了一下，问："你猜我会去哪里流浪呢?"

"去万民路吗? 藏在最热闹的地方就不会被发现了。"胡马丽花抢着说。

香拉摇摇头，说："臭点子，去人多的地方，我会迷路的，还会被坏人拐走的呀。"

"那么你去崔先生家吧。"香咕说。

"又是臭点子。"香拉口气很坚决地说，"他离得太近了，小杨老师一找就找到我了。"

"那你是去玩具店?"香咕问。

"太好了，欢呼，这是香点子!"香拉说，"不过，你不说的话，过一秒钟我自己也会想起这个好点子来的。"

香拉真的走了，她去玩具店投奔她的大爸爸、大妈妈了。那家精致的玩具店叫"乐哈哈"，开这家店的夫妇没有孩子，他们很早就认识何桑了，对何桑很好，后来他们见到天真活泼的香拉就喜欢上了，当成心肝宝贝，他们给香拉买吃的，还送她玩具，想认她做干女儿。

后来香拉弄坏了玩具店的高价玩具，怕人家要她赔，悄悄溜走了，不敢再上门去了。可是"乐哈哈"玩具店的老板娘还不答应呢，她看不到香拉就一路找过来，都找到家里了，香拉吓得藏起来了。

老板娘说自己是香拉的大妈妈，很想她的，请家里人带口信给香拉，让她经常去玩，老看不到她，心里感觉空空的。其实香拉只是叫他们"大妈妈"和"大爸爸"呀，并没有正式拜做干女儿，但是他们好像很在乎呢。

香拉走后，家里就只剩下香咕和胡马丽花了。她们忐忑不安地等待着敲门声，再来的人，一定是小杨老师了，不会是别人的。

外婆和香露不可能马上回来，外公也一样，他带着路易驹和小秧秧去大姑家找宠物医院的胡子赵医生了，因为它们吃的甜食太多了，牙齿好像烂掉了。

胡马丽花说："万一小杨老师看到香拉逃走了，冲着我们发火怎么办？"

"那我们就不吭声，等她气消了再跟她说明。"

"她问我们香拉去哪里了，要不要说出来呢？"胡马丽花又问。

不好惹的蜜蜂老师

"这……见机行事吧。"香咕说。

胡马丽花说："小杨老师不会拍桌子、摔东西呀的吧。"

香咕打听不到小杨老师会怎样和闯祸逃走者的表姐们打交道，她会这么暴躁吗？在学校里能打听到小杨老师叫什么名字、住在哪里，但不可能什么都知道的呀。

一会儿，有人敲门，香咕鼓足勇气去开门。

果然是小杨老师。她穿着胸前描绘着花朵的衣裳，现在十月底了，她衣裳上的花还是向日葵，到了下个月，不知道她会穿画着什么花的衣裳。她衣裳上那一朵朵花都是她亲手画上去的，用的是特殊的颜料，季节变了，花儿也会变，去年冬天时好像她还穿过有雪花的大衣呢。反正，这个小杨老师很与众不同的，让人猜不透。

"于香拉不在家吗？"小杨老师旋风一样走进来，四处一看，就问，"那么，你们的外婆外公呢？"

"哦，哦……"胡马丽花战战兢兢地看一看香咕，明知故问，"外婆外公不在家吗？"

"是啊，现在不见了。"香咕说。

"我想，他们刚才还在的吧。"小杨老师说。

"对呀，对呀。"胡马丽花说，"我也是这个意思。"

"看来，是我来得不巧。"小杨老师笑了，说，"好吧，我先去别处，会再找时间来这里的，希望下次能在这里见到你们全家。"

她就这么一闪，不见了。谁也没想到，她那些蜜蜂蜇人似的厉害话、那些让人透不过气来的口才也没有显露，反正什么惊天动地的事情也没发生。

后来香露和外婆学成厨艺回来了，外婆挺愉快的。

外婆淘米，准备蒸饭做银包金炒饭了。香露忍不住大叫："还是吃排骨年糕吧。"

"什么？"外婆问。

香露指挥香咕她们异口同声地说："我们就爱排——骨——年——糕。"

外婆高兴极了，说："这下，事情才顺了呢。"

外婆让香咕去把香拉找回来。香拉打听到小杨老师走了，呼出了一口气，对她的大妈妈和大爸爸说："蜜蜂飞走了，我可以回去了。"

她告诉他们说家里有蜜蜂，所以跑出来了。

"蜜蜂有什么可怕的，打开窗，它们就飞走了。"

"有点不一样呢。"香咕含糊地说。

香拉乖乖地回家来了。在饭桌上，香拉的心情很好，她夹走了一块最大最脆的排骨，说："木头小猪小木拖不会被活捉的呀。"

"开心什么，小蜜蜂老师留了话，说还要来的呀。"香露在香拉耳朵边说，"要训我们全家呢。"

不好惹的蜜蜂老师

香拉一听，开始哭起来了："她怎么还要来呀？都怪香咕把我骗回家来，我再也不要回家了呀。"

香咕一想，也是呀，事情很严重，现在谁也不知道小杨老师是过五分钟还是过五小时上门来。她没说好时间，那就等于任何时间都可能会来的。

而且，她真的是说，要见全家呀。

香露骂香拉活该，自讨苦吃，谁让她去惹小杨老师的，这个老师最不好惹。如果惹的是香咕的班主任大杨老师，那就不会有什么事的，大杨老师的脾气像棉花包，真软呀。

香咕点点头，大杨老师的确是好好老师，也许因为她已经当妈妈了，当了妈妈后的班主任老师脾气就是不太一样呢，只要学生比她们的小宝贝懂事一点，她们就很满足了。

而小杨老师不一样，她还没有结婚呢。

香拉担心极了，吃晚饭时，每次只要听见有人按响门铃，她就往拉岛间里闪，可是都不是小杨老师，一次是收报费的，一次是车爷爷。

外婆为四个小宝贝做了排骨年糕，又做了银包金炒饭，还炒了虾仁，煮了油豆腐粉丝汤。全家人吃得脸儿发光，心里暖烘烘的，都很快乐。只有香拉，还大发脾气呢，她说："不行了，拉倒了，我可不愿意再待在这个家

012

里了。"

吃了晚饭后，香拉马上又要去乐哈哈玩具店，还赌气地说不如做他们家的女儿，让大妈妈为她换一个学校。在这个家她不喜欢，因为蜜蜂会飞来的。

香咕看她很害怕小杨老师找到自己当众骂一通，就问："你到底做了些什么不好的事情？"

"很多很多呢！"香拉说，"像天上的星星，数都数不清。"

她让香咕送她去，一路上，她说小杨老师原先对她很好的，就像对家里的小妹妹，还表扬过她写的作文，叫她当小队长。小队长是最重要的，要管很多很多的事情，比大队长管的事还要多呢：什么收作业本子呀，擦黑板，谁上课说话就记下谁的名字。这些大事都不归大队长管，是归小队长管的，所以小杨老师才叫香拉做小队长，很厉害的吧。

后来，小杨老师叫大家学写了一篇《我的同桌》，还要大家写得真实一点，香拉写了林铁蛋的事情，因为她没有别的同桌呀。她按要求如实地写了他学习时成了猪脑子，玩儿时变成猴脑子，和女孩作对时变成了狐狸脑子。

她把作文写得很长，觉得肯定能得好分数才停笔的，不然，她还可以写得超级长呢。可是小杨老师发火了，说她把林铁蛋写成小恶魔了，还要香拉对林铁蛋好一点。

不好惹的蜜蜂老师

　　大事不好了，但是那不是香拉的错呀，这篇作文，小杨老师给了她一个难看的分数。

　　再后来，小杨老师就更偏心了，老是在上课时提问林铁蛋，林铁蛋怎么也答不上来，香拉看他可怜，就悄悄地帮着答，因为她全部知道呀，有时她还把书翻到那一页给他看。

可是林铁蛋不领情，两个人争吵时，他仍然骂她"缺德鬼的老婆"，真是没良心啊。所以她火了，等小杨老师再问问题时，她就告诉他错误答案，他照着答了，被小杨老师训了，她哈哈大笑，所以小杨老师气坏了。

"你向小杨老师承认个错，以后不那样捉弄人了，那不就行了吗？"香咕说。

香拉摇摇头，说还不止那么多。

"不要像牙膏一样，挤一下才出来一点呢。"香咕不高兴地说，"你都说了呀。"

香拉说，最惹小杨老师生气的是她说小杨老师真是烦死老百姓了，天天留一些没有意思的作业，叫她们干活。这句坏话让小杨老师听到，她气得不行了，说："好，我放学后去你们家。"

说到这里，香拉又哭起来，她担心小杨老师不让她再做小队长了，会认为她比林铁蛋还差劲呢。要是小杨老师让林铁蛋来帮助自己，那多丢人哪，因为香拉已经习惯了帮助林铁蛋，不能反过来的呀。

到了夜里，外婆去接香拉，香拉还不肯回家，真的带上小木拖，要搬到大妈妈家去住了，她说："我要逃，蜜蜂要来的呀。"

外婆不太清楚为什么香拉像中了魔，老是说"蜜蜂"，但是她最心疼香拉，所以她都流眼泪了，说："拉拉心肝

要走，不会是为了别的，是她……心里……想要一个妈妈，只有外婆和表姐们对她好，还不够的……"

"才不是呢。"香拉说。

"那是为什么?"外婆说，"我的拉拉心肝不喜欢自己的外婆家了，这让我多伤心呀。"

香拉真的在玩具店老板家里住下了，和她的大妈妈住一个房间，睡一张床。她不愿回家，说万一半夜十二点，小杨老师找上门来了，那时候她睡着了，就逃不掉了。

外婆一夜未眠，第二天她脸儿黄黄的，没精打采的。

可是星期六，香拉还是不肯回家呢。外婆不知往那里跑了多少次，也没有用。香咕她们很心疼外婆，就凑在一起商量，这么下去可不行，一家人都过不好呀。香咕说："去找大杨老师吧，她好说话呀，找到她就可以请她向小杨老师求情，拜托她对香拉宽容一点。"

香露说："你知道大杨老师住在哪里?"

香咕说知道。

"小杨老师肯听大杨老师的话吗?"

"她们很要好的，先找到大杨老师再说。"香咕说，"对了，大杨老师很喜欢林铁蛋。"

"那就把他也带着。"香露说。

她们又到小店里找到了林铁蛋，他很听香咕的话，说："跟你们走一趟吧。"

香咕记得很清楚呢，大杨老师就是喜欢林铁蛋。有一次林铁蛋来找香咕告状，他受了香拉的气后常常要找香咕诉苦的。他说香拉"驱赶"他，说香拉像"缺德鬼的老婆"，他说了那些话后，就会好受很多。

林铁蛋来时，大杨老师正领着大家复习，下课铃响了好久她还没有下课。林铁蛋大概等得心焦了，就在教室门口说："下课啦，教了又教，笨老师才那样干呢！"

"你是谁呀？"大杨老师提高了嗓门问。

"我是姓林的先生。"他也大声说。

香咕班里的人都哄笑起来。车大鹏更是笑得把腰儿弯起来，变成了一只虾米，他说："小阿弟林铁蛋，酷呀！"

大杨老师记下这个名字，下课后跑出去认识那个"姓林的先生"。她找那个调皮鬼并不是要"算账"的意思，谁知道林铁蛋心虚，不想傻等着，他逃到走廊的另一端，与大杨老师玩起了捉迷藏，真是很过分呀。

后来小杨老师听说林铁蛋胆大包天，非要让林铁蛋写检查交给大杨老师。林铁蛋乖乖地写，还配图呢。不知道他写了什么，估计肯定是坏话，因为他把检查往大杨老师手里一塞，捂着双耳乱逃，怕大杨老师会揪他的耳朵似的。

不过大杨老师不挑剔，她看了好几遍，哈哈大笑。小杨老师也看了，怎么也不答应，执意要林铁蛋重写，结果

不好惹的蜜蜂老师

大杨老师还帮着林铁蛋求情哩。再后来，这位"姓林的先生"和大杨老师很熟悉了，大杨老师读了他写的检讨后，就成他的读者了。

香咕她们带着林铁蛋，林铁蛋要带着小毛满，小毛满要带小毛充，小毛充要带小格格，所以走的是一群特别的人，找的是一条特别的路。

后来天色晚了，还下起了雨。他们的衣服湿了，都像淋湿羽毛的小鸡。可是他们还是往前走，香咕她们不能不管自己的小表妹呀。

大杨老师跑来开门了，呵，多不巧，小杨老师正好也在这里。大杨老师说她们正在试穿参加下周时装赛的服装。

他们推推让让，都不想进去，那不是自投罗网吗？可是热情的大杨老师把他们拉了进去。

不好惹的蜜蜂老师

　　大杨老师取出很多她的睡袍让香咕她们换上，她们换上干的小碎花睡袍，都有些不好意思。林铁蛋他们穿的是大杨老师丈夫的衣服，看上去很好玩，像套了大布袋。

　　小杨老师拿出绳子，帮他们扎起拖在地上的裤腿。

　　大杨老师给他们找好吃的，小杨老师让他们坐在暖和的床沿上，像对她家里的人一样。

　　两位杨老师还预演了一遍时装赛的动作，让他们做裁判。

　　大杨老师爱穿旗袍，她表演时举手投足很温文典雅的。小杨老师身穿运动装，领子上绣了几朵梅花，她走路像出操，很精神，但是动作有点僵硬，后来他们弄明白她是在故意模仿机器人，不由得拍起手来。

　　"你们为什么不笑呢？"小杨老师问。

　　他们这才笑起来，其实早就想笑了，就是不敢。也不知道小杨老师是怎么看透他们的心思的。

　　香咕她们玩了一会儿就想到要回家。因为外婆还在等她们呢，她说不定伤心得心儿都碎了呢。

　　"小杨老师……我们想知道……你，你什么时候来我们家？"香咕鼓足勇气问。

　　小杨老师也不回答，就问香拉在家里时的情况。

　　香咕她们都不知道说什么好。

　　小杨老师说："如果你们能把小表妹的情况都告诉

我，我也许就不去了。"

她们三个听了，都说："真的？胜利了！"

接着，她们开始说香拉的好话，可是说着说着，把她的坏话也说出来了。

小杨老师目光炯炯地听，只要她们一停下来，她就说："真好玩，接着说吧。"像听故事一样。

所以她们又不由自主地讲下去了，话嘛，总是这样越说越多的呀。后来她们把香拉担心"蜜蜂"来的事情也说出来了。

"蜜蜂"老师笑了，点着大杨老师说："小杨老师应该是你呀。"

大杨老师告诉香咕她们一个秘密，说小杨老师是她的堂姐，应该是大杨老师，而她才应该是小杨老师呢。

"不想换了。"香咕她们都说。

小杨老师让香咕她们带口信给香拉，说既然这样，她就不去她们家了，除非大家邀请她。她还说，想上门去只是为了更了解小香拉的心，对自己的学生，她可不愿做蜜蜂。

香拉听到这好消息时，已经躺在大妈妈的床上准备睡觉了，只见她从软床上跳起来，光着脚就扑向外婆的怀里，说："我要回家。"

周一，香拉去上学时还有些愁眉苦脸，回家时她小脸

光光的，显得非常兴奋。她说："都来看呀，我今天的家庭作业特别有意思呢。"

原来小杨老师留给香拉的家庭作业是：

一、让表姐们每人抱一分钟。

二、和外婆一起想出两个过去发生的有趣故事。

周二，小杨老师留给香拉的家庭作业又变了，是："多想想同学的优点，开始学会交三个以上的好朋友。"

周三，家庭作业好像又变了，是让香拉"打电话给熟人，试着让对方先挂电话"。

可是周三的作业香拉完成得并不好。她先是给林铁蛋打电话，东说西说，说完再见后就是不挂电话，想等他先挂断。可是这个林铁蛋就是不想挂电话，非常客气地请她先挂，怎么商量也没有用，气得香拉都跺脚了。

后来才弄明白，那天小杨老师给林铁蛋留了相同的家庭作业。所以他们谁也不能先挂电话，只好喊着"一二三"，同时挂断电话。

香拉重新打电话给一个没有收到这样家庭作业的同学，一下子就完成了。

那之后香咕她们常常会遇上小杨老师，彼此笑一笑，因为她们共同保守着一个秘密：其实小杨老师是大杨老师呀。

渐渐地，香拉变得很爱小杨老师，老是说："我们老师不凶的时候是个很好玩的老师呀，比大杨老师好玩一千倍呢。"

　　学校召开老师时装表演会的那天，香拉代表低年级小学生上台献花，下了台她慌慌张张跑到香咕的教室里来，说："吓死了，我被小杨老师吓死了。"

　　原来，当香拉上台献花时，小杨老师抱一抱她，还亲了她。

　　香拉说："我很害怕……怕得要死，就怕自己以后不争气，让小杨老师感到失望。"

　　香咕高兴地抱一抱小香拉，说："你真可爱呀。"

二 藏着坏心思的密室

不好惹的蜜蜂老师

小区里的男孩有点不对头呀。

香露陪外婆去楼上赛仙婆婆家学做银包金炒饭的那天，就带回来一个惊人的消息。她说自己进去的时候，发现车家很清静的，无声无息的，所以她陪着外婆学炒饭。赛仙婆婆说，那炒饭里的"银"就是只用蛋清炒的，而"金"就是一般的炒鸡蛋。

正当她们学着呢，走出来七八个男孩，原来是车大鹏领着一拨儿男孩在老巢里开秘密的会呢，他喜欢把自己的房间叫老巢，和雀巢只差一个字，很容易记的，说起来还很上口。

当时香露就问赛仙婆婆，他们为什么要躲在老巢里面呢？

赛仙婆婆回答说："他们最讨厌了，喜欢聚在一起说说男孩的坏心思。他们常猫在那里的，大鹏住的那间房子最脏，他自己叫它老巢，而别的男孩都叫它'密室'呢。"

"男孩的坏心思？"香拉说，"他们有了坏心思还敢说给别人听呀！"

胡马丽花说："哟，他们真的把房间叫密室呢。"

香拉一定要上楼去看"男孩们藏坏心思"的密室。香露不怎么想去，但是谁也吃不消香拉啊，香拉恳求香露，把毛茸茸的脑袋往她身上拱，还要哭了呢。

香露只好带着她们三个一起上楼去看个究竟。

不好惹的蜜蜂老师

她们受到赛仙婆婆的热烈欢迎，赛仙婆婆最喜欢女孩子，巴不得把她家的车大鹏和香露交换呢，因为她有四个孙子，一个孙女也没有。

车大鹏正好不在家，所以她们就大摇大摆地进去了。

原来，密室里一点都不特别，也不起眼，没有一群鬼头鬼脑的捣蛋鬼时，它就是车大鹏的房间。这里真不怎么样，因为东西太多了，床上都堆着不少，这边是一些塑料袋，那边又有几袋杂物，睡觉的地方只留了一点点，细得像一根长长的尺子。

墙上有一块小黑板，上面写着几句又狠又凶的话，比如：抢抢抢！杀杀杀！一个不留！斩草除根！看见它，好像才找到一些在强盗窝里的感觉。

"真想知道他们会有些什么坏心思。"香拉说，"我要全知道，谁也别想瞒我。"

"可是，他们不让女孩参加的。"胡马丽花说，"他们很怕难为情的。"

"我混进去。"香拉说，"我就想知道。我来扮男孩子行不行？"

香露抢着说："好啊，你去把头发剃掉，变成秃子，然后就行了。"

香拉还是不甘心，想尽了办法，她打算暗自藏在密室里面，等着他们说完坏心思后再跳出来，说："呵，上当了吧！"可是那房间里面满登登的，无处可藏，连床底下都是塞满的，大橱里也好不到哪里去，一拉开橱门就有少了胳膊的塑料机器人滚出来，而再把它放进去，大橱的门就怎么也关不上了。

香拉缠着香咕，硬要她帮忙想，可是动这种脑筋，香咕不拿手呀。

到了周六，马莎姨妈把福利院的白白和小明他们接到香咕的外婆家里来玩。他们跟着大家叫外婆外公，外婆很心疼他们，做了一桌子的点心。

香露陪白白他们玩了一会儿后，就说："要不，叫白白他们去车大鹏那个密室听一听。"

"太好了！香点子！"香拉说着。

她把白白和小明叫来，让他俩去了那里后，把所有的事情都听在耳朵里，到时候再学给她听。

"记住啊，哥哥们说的话，你们每一句都要记住！"

"好的。"

"是。"他们都说。

香露亲自送他们上楼去。车大鹏和高庄他们见来的是两个男孩，就不想驳香露的面子了，只好答应放他们进密室去了。

过了一会儿，白白他们就被打发下楼来了，第一次他们是来讨红糖的，另一次他们是来讨人造黄油，顺便还要

不好惹的蜜蜂老师

了一些白色的餐巾纸上楼。

"你们怎么了?"香拉问,"有什么秘密吗?"

他们哧哧地笑一笑,很过瘾似的,但是都抿着嘴儿,一句话也没有说。

香拉缠着香咕陪她上楼去探听情况。她们帮着白白他俩拿着东西,推门进密室时,恰巧听到车大鹏在说:"那个吃屎计划……"

"呀,吃屎!"香拉惊讶地说。

推开门,发现密室里放着冷的肉、蛋糕,并没有什么人在吃屎,可是那些关于吃屎的话,香咕也明明白白听见了。

男孩们看见香咕来了,开心地笑着,相互看一看,用眼神串联着彼此的心思。

"你们在说什么呢?"香咕问,"再说说行不行呀?"

高庄说:"我在说特别想去海边听一听,看一看。听见你们家的人在谈论海边婚礼的事,我真想去,我还没有亲眼看见过大海呢。"

车大鹏说:"我在说,我和爸爸都不想让我妈妈跳槽,可是她喜欢换呀。她每次换了工作后,薪水就比原来少了呢。"

"全是假话!"香拉大声说:"好坏呀,我明明听到你们说的坏话了,在说'吃屎'。快说下去,谁爱吃屎呢?

我想听坏话，不喜欢听好话。"

男孩们开始笑，笑个不停，说其实不是这样的啦。车大鹏最老练了，连忙岔开话，说香咕家的路易驹有点胖了，狗太胖了不好，胖狗不值钱呀，所以要减肥。

香拉叫道："白白，小明，快来说，你们听到什么了。"

白白走过来，站在香咕身边，车大鹏他们都叫他武士。说他今天老站在那里不肯坐下来，后来才知道，他今天把裤子穿反了，所以很紧，简直就坐不下来了。他说："我不知道，不知道，不知道。"

另一个是小明，他的鼻子红红的，像小胡萝卜。他听见香拉逼问他，就赶紧缩起脖子躲在香咕身后，后来干脆就躲在桌子底下了。

香拉看着他们，说他们是想蒙混过去，如果他们不说出吃屎的秘密，她就不离开密室，天天站在那里。

男孩们相互眨眨眼睛，然后拉起窗帘，让密室变得漆黑一片，开始大讲鬼故事。

特别是高庄，他可真会讲大头鬼的故事，绘声绘色地说起鬼来了。说到起阴风时，突然把电扇打开了，吹得头发乱飘乱飘的。香咕心里发毛，挺害怕的，香拉更是受不了，尖叫一声就从那里逃走了。

车大鹏他们还得意地说："请不要走，别让她们跑

了。"

香拉什么也没探听到，派去的白白和小明他们从密室回来后，还是说不出什么来，好像什么秘密都不知道。也许是他们没有探听到，也许是探听到后就不愿意讲，那可是男孩的规矩，可能男孩不愿把他们之间的秘密传到女孩的耳朵里。

想起来也是，女孩之间的秘密也不肯告诉男孩的，谁说了，还会被叫做"叛徒"呢。

但是有一点却是白白和小明自愿说出来的，说男孩们在做一种饼干，用麦片、牛奶、人造黄油、可可粉、红糖糅起来做的，烘烤后放在白色的餐巾纸上。听说，他们还有一个"绝密的计划"呢。

"他们喜欢搞恶作剧。"香拉说。

香咕也不知那些人搞什么恶作剧，也许他们并不想成为坏人，但是还会把男孩的坏心思变着法儿用掉吧。但愿他们的坏心思像牙膏一样，用出来一点就少了一点，等用完了，正好长大了。

三 『小块头』计划

不好惹的蜜蜂老师

世界上的稳重体面的先生有不少吧，那队伍里面肯定有小香咕的外公。外公很好的，他对谁也不强求什么。他对外婆更好了，叫她"小仙"，她让他干活，他就快快乐乐地去干；她叫他休息，他就高高兴兴地停下来。

或许他是想让她感到高兴和满意，那样她就不会后悔找他做丈夫了吧。如果他让她后悔了，那他就会觉得很没意思。

在小孩中，外公其实最喜欢大孙女香露，这是香咕看出来的，他跟香露说话，声音低低的，像求她又像哄她似的。外公真是好人哪，即使是对调皮捣蛋的男孩，他都从来没有一句疾言厉语，总是说："等他们长大，就都变成人才了。"

外公在跟自己的好友——车大鹏的爷爷下棋的时候，会啪的一下把棋子放上棋盘，还会说一句"将死你"，这已经是他最粗鲁的举止了。

虽然那话听上去恶狠狠的，但是外公的表情并不凶，那粗放的话是下棋时说着添趣用的，没什么不好，因为只要听他这么一说，车爷爷就会笑起来，说："我姓将，叫不死！"

外公碰上什么倒霉的事，也是不慌不忙的。记得有一次风儿把他晾在外面的名牌白衬衣刮走了，那是他最喜爱的做客时穿的衣服，是马莎姨妈送他的呢。他好像也没有抓狂，只是说："真有点不舍哩。"

后来那衬衣被刮到拐杖婆婆的院子里，又被送回来了，他就说："很好。"

但是，这天早晨他却慌慌张张地跑回家来了，对外婆说："小仙，我六十年也没见过这种怪事情哩，大鹏这孩子怎么会喜欢吃屎呢？别是患了什么毛病呀。"

原来，他看见车大鹏牵着一条狗，捡起了一团大粪，用一张纸裹上，狼吞虎咽地吃下肚去了，吃完后，还当着外公的面用舌头舔一舔嘴唇呢。

外婆说："有一条……狗？"

"对呀，是牵着一条狗，好像是毛经理家的小格格。"

"那就对了。"外婆说，"狗有时候是会吃屎的，有句老话不是说'狗改不了吃屎'吗？"

"还是不太对头呢，"外公说，"毛经理家的狗没有碰那屎，倒是大鹏那小子大吃了一团哪。"

"不会的，不会的。"外婆推推外公，说，"老头子，一定是你看走眼了。"

外公眨眨眼，依然谦和地说："哦，要不是亲眼看见，我也会这么想呢，可是……"

这时，香咕她们都跑出来了，忍不住要插嘴说话。

香露说："爷爷，求你不要说了呀，要是车大鹏吃了一团大粪，传出去我们学校就会丢死人了呀。"

"说不定会上电视呢。"香咕说,"多难为情……"

"要是吃了大粪,嘴巴里就会臭烘烘的,跟厕所是一个气味了。"胡马丽花担心地说,"救命,我可不要车大鹏干这种蠢事。"

香拉笑起来,说:"我就希望车大鹏真的吃屎了,那样才好玩呢!"

外婆高兴地说:"我这四个宝贝都向着我,老头子,车大鹏是搞恶作剧,喂那条狗吃屎吧!"

"好吧,好吧。"外公说。

香咕她们以为这件事情就画上句号了呢。

只过了一小会儿,小张舅妈也跑来了,她穿着从马莎姨妈手里讨去的旗袍,又在上面自说自话地缀上了一圈宝蓝色的钻石,当然是人造的,远看很像贵妇人,近看就是小张舅妈呀。她进门就说:"造反了!造反了!"

她刚才到毛经理家送螃蟹去了。

听说这一次,小张舅妈又和单位里的人闹翻了。是毛经理推荐她,帮了她很大的忙,让她又换了一个工作,所以小张舅妈跑毛经理家像跑娘家一样勤,毛经理的儿子小毛充爱吃海鲜,她就常常赶早市去买些活物送去。有时她看到外婆冰箱里有好吃的,也会拎一点去给毛经理家的小毛充尝一尝。

她说:"毛经理不在家,一早就出差了。知道吗,马

上就进来了一帮小鬼头，没什么好玩的，就玩起了臭大粪呢，都摆在饭桌上了。小毛充和小毛满什么也不懂，还吃呢，气死我了，这些小鬼头真是玩疯了。"

外婆一听，这才回过神来，说："哎呀，老头子的话是真的呀。"

香咕她们听见后，马上去找车大鹏。谁知车大鹏把头一扬，说："太夸张了，谁说我们吃屎了？造谣者是谁呀？"

香露就说："承认吧，有人看见小毛充吃的呢！"

高庄说："也许小毛充是吃了，他是属狗的吧！"

车大鹏还说："那就让他们去住狗窝吧，谁叫他们吃臭大粪呢！"

他们说得这样理直气壮，弄得香咕她们不知道怎么来想这件事。后来，香露真的把小毛充和小毛满找到了，问他们话之前就设计好了，说："你们为什么喜欢吃大粪呢？"

"大粪很香的呀。"小毛满想也不想，脱口就说，"也很好玩的，你们想吃还抢不到呢。"

"什么鬼话呀。"香露生气地说，"快说出来，是谁叫你们干这种蠢事的。"

小毛充说："不能说，不能说，'小块头'是一个秘密计划。"

"谁说了，谁就是叛，叛徒。"小毛满笑嘻嘻地帮腔说。

很快，小区里的女孩都听到了这种传闻，都在慌慌张张地问，附近的男孩子好像得了一种病，中了邪，要靠吃大粪来维持生命，挺危险的，如果没人管的话，那就完蛋了，他们会因为吃大粪中毒而死的。

可是香咕就是不相信，因为车大鹏和高庄每天蹦蹦跳跳的，他们听到传闻后还咯咯大笑。再说，看看高庄打扮得多整洁呀，身上有一股香皂的气味，不像那些邋遢的男孩子，脚上有气味，有一身的臭汗。他的牙齿那么白，怎么看也不像是贪食大粪的人。

就在这时候，何桑立了一大功。

男孩们的坏心思是被何桑破获的。她就住在小路沙沙附近的旧公房里。平日里，她家的窗户是打开的。何桑的耳朵偏大，听觉很好，好像是长着顺风耳呢，只要有人在那一带讲她的坏话，不出一分钟，她就会冲过来又吵又闹的，因为她全听见了。

何桑就是用她的顺风耳朵探听到的，男孩们做了很多"大粪饼干"，用的是可可粉、面粉，还有红糖什么的，看上去和臭大粪一模一样。他们还把大粪饼干包在白色的餐巾纸里，事先放在路边，等有行人时，他们走过来，捡起来就吃，显得很逼真呢。

不好惹的蜜蜂老师

听说他们知道白白和小明是女孩们派来的，就试探那个白白，试着给他吃了几块，结果他变得特别爱吃那种大粪饼干，抓起一大把来就往嘴里塞，还抢呢。

当然车大鹏那些人也很爱吃的。议论者多了之后，他们变得更兴奋了。车大鹏、林杰、高庄喜欢手拿大粪饼干，跑到人多的地方去猛嚼猛吃，引起一片非议声，他们还很满足呢。要是看到女孩都要恶心反胃了，他们更要说："要不要分给你美味大粪饼干尝一尝？"

其实，男孩们有最秘密的"小块头计划"。他们看到小区里的宠物狗有坏习惯，很多狗被宠坏了，变成"大块头"了，而主人们却熟视无睹。他们准备做一项公益活动，悄悄地给宠物减肥，看中的第一个目标是小毛充家的格格。

他们叫小毛充把格格带到车大鹏家的密室，让它节食，还要戒掉吃屎的习惯，他们给它吃"大粪饼干"，扭转它的想法，让它相信"大粪饼干"才是屎，而真正的大粪是不能吃的。他们曾看见格格吃车大英拉出来的臭东西，所以非要它戒掉这个坏毛病。

他们用量具来观察格格一天吃多少狗粮，注意它进食的总量，并且管住它，不让它吃小孩们喜欢的比萨和冰激凌，因为那是它变成大块头的根源。

高庄说："我知道，摸一摸狗的肺部，要摸到它的肋骨，上面没有脂肪才是对头的。"

他们又去找了胡子赵医生，求他帮他们把格格的减肥菜单改了一遍，菜单里有胡萝卜、糙米、瘦肉等。制定了一日几餐后，他们还带着格格去运动，遛狗的时候，他们让它和路易驹比赛，相互追来追去，还给格格准备了玩具。

还有一次，他们为了让它学习游泳，还乘公交车到郊区去了呢。让它学会"坐汽车"，在汽车上安静地晒太阳，可格格就是不行，它喜欢去闻女孩的小脚脚。所以车大鹏只能像对车大英一样，背着它，把它当"狗皮大衣"。

可是，毛经理出差回来了，当她看到瘦了一圈的格格，非常心疼，她把高庄他们送的"格格瘦身健康菜单"给扔出门去了。因为她不觉得格格长得太肥了，她觉得它的体重很理想，用不着别人来说三道四的。

"胖乎乎的多可爱。"她说，"那些男孩，总爱把事情搞得一团糟。"

小张舅妈说："带头捣乱的小鬼头是车大鹏和高庄，这个我最清楚。"

小张舅妈还代表毛经理去向赛仙婆婆告状，说了一大堆车大鹏的坏话。赛仙婆婆礼貌地说："知道了，我会管教他的！"

其实，赛仙婆婆最不喜欢的人就是小张舅妈。她对香

咕的外婆说："孩子们是一片好心，就是方式不够好。我的孙子，我最了解！"

小张舅妈又找到高庄的舅妈，也不嫌麻烦，去说了同样的话。那位舅妈听到高庄闯了祸，生了很大的气，摔破了一只杯子，还把高庄狠狠地骂了一通，好像说要是他再敢惹是生非，引得有人上门告状，她家就不高兴再收留他了。

格格胃口大开，吃了很多食品，小张舅妈送了一些，毛经理也买了不少。香咕为它捏了一把汗，因为她看见它吃了曲奇又吃烧烤牛肉片，还有一张九寸的薄底比萨。

被毛经理扔了的那张减肥菜单，香咕悄悄地捡回来了。她把它交给了胡骄姨父，胡骄姨父看了觉得好极了，就吩咐按这个菜单给路易驹配食物。果然，路易驹越长越精神了。

有一天，胡骄姨父把这个减肥菜单推荐给了他的一个朋友，那人正好是生活版的编辑，他就把这份狗狗的减肥菜单刊登出来了，要署名时他问了胡骄姨父，胡骄姨父说，就写小香咕吧。

没想到，刊登后来信很多，说这个减肥菜单好。有一个读者还说，这给狗狗的食谱她拿给自己的小宝贝试了试，好像也不错。

有一天，报社寄来了五十元稿费。香咕把钱交给了车大鹏和高庄，他们俩高兴坏了，都说："发财了，赚了一大笔。"

可是，何桑听说这件事后很气愤，她觉得自己的功劳是最大的，男孩子们的秘密行动是她破获的呀，不然小香咕知道个屁呀，所以她认为稿费应该全归她。她对香咕说："你抢了我的钱呀。"

"不对，"香咕说，"你说得不对。"

何桑大骂小香咕是叛徒，说长得像小香咕这样模样的女孩，梳这样的小辫子，就会巴结男孩，又说小香咕喜欢车大鹏什么的。

香咕没有理睬何桑，唱着歌走远了。

四　去乡下玩玩啦

不好惹的蜜蜂老师

拐杖婆婆送的仙客来，一朵一朵相约着开放，花朵的颜色娇艳艳的一片。它们真的很美呢，花叶并起来，花背向上反卷着，好像天生就要和别的花开得不一样。

香咕爱上了仙客来，到处找人打听这花怎么养才好。高庄知道不少，说它的俗名叫兔耳朵，在夏天它们熟睡着，是不开花的，到十月份以后它们才醒过来，心里也高兴起来，于是花苞一个接一个地长出来，排着队等开花呢。

在花儿开得最艳的时候，拐杖婆婆出院了。她还活着呢，只是脸儿瘦了一圈，下巴尖尖的，好像比原来的拐杖婆婆小多了，说话的声音也变得很轻了。

香咕听外婆说，拐杖婆婆的病有了好转，但是没有痊愈，还有危险哩，她需要静养很久，躺着，像住在医院里的病人一样不停地吃药。不然的话，病魔很快又会占上风的。

"那她为什么要出院呢？"香露说，"换了我，等医好了再说呀。"

香咕说："她一定是想家了吧。"

"对呀，她想回家来种花呀。"香拉说，"她觉得种花比在医院里被医生管着要自由。"

胡马丽花说："那当然了，住在医院里，医生要给她打针，拐杖婆婆想逃也没处逃。让她逃，她也逃不快呀。

凤仙婆婆不是也从医院里跑出来了吗?"

外婆摇摇头,说:"傻孩子们啊,你们哪里知道生活的难处呀。对于凤仙婆婆,出院住院是无所谓的事情,而对于你们的拐杖婆婆,住院是要命的事情,住一天医院就要付一天的钱,跟住小旅馆一个样呢。"

"好可怜啊。"香咕说。

外婆说,前一阵拐杖婆婆住院时,阔佬崔先生慷慨地替她支付了住院费,可是拐杖婆婆坚决不答应,说是自己并没有帮过崔先生什么大忙,看他这样她心里会很难受的,过意不去呀。可是要靠她自己的那些钱,又是不够的,住一天医院,她的钞票就会少几张。

"可是出了院后,她行动不方便,不请人照顾不行,要请人照顾也要付钱呀……"

香咕把外婆的话记在心里,她有空就去拐杖婆婆的家,帮着拐杖婆婆叠衣服、烧开水、去小商店买馒头,周六还扶她出门晒太阳。

拐杖婆婆虽然有病、没钱,可是她很坚强,也很快乐。她说:"香咕来看我,我心里最高兴,我的命运不算好,可是这没什么,我有很多老朋友,还有孩子爱着。多好啊!我们相互惦念着,这种快乐谁也夺不走呀。"

又过了几天,拐杖婆婆对崔先生说,她想去乡下住一住。拐杖婆婆在乡下有亲戚,那里是渔乡,空气很湿润

的，连鸟儿鱼儿都喜欢生活在那里呢。

崔先生先跟香咕的外婆商量，他们觉得乡下空气好，很多人到了休假的日子才有机会去一趟海边，多留一天在那里也是享受呢。再说，拐杖婆婆的老伴保安公公去世后，她在这里没有什么亲人了，去那里住一住，享受着亲友团聚，对她治病也是好的呢。

香咕说："拐杖婆婆，您要去的亲戚家是不是红儿的家呀？"

拐杖婆婆说："是啊，是啊，你还记着她呀，她知道后不知会多高兴呢。乡下的孩子，心眼实。"

香咕怎么会忘记红儿呢，红儿来这里住过一阵的，她有一只会发牢骚的怪脾气鸟。另外，还有一手绝活的，能飞刀。不过她不愿显摆，直到被何桑逼急了才亮出真功夫来，吓得那个欺负她的何桑乖乖投降。

香咕还记得清清楚楚，当时崔先生最喜欢红儿，差一点就要认红儿当干女儿了呢。

真想念红儿呀，要是能去看看她该多好呀。香咕想到这儿，心儿扑通扑通地跳，脸儿也红起来了，就问阔佬崔先生："真的……真的能去红儿家呀？"

谁知道，崔先生看出来了，他和马莎姨妈，还有香咕的爸爸妈妈其实是一种人哪，他们都能猜出小孩的心思，因为他们的心是很软的。

他说："到时由我来开车送拐杖婆婆去，把你也带着，可以见一见红儿。"

周五，崔先生特意上门来，跟香咕的家人商量带香咕出门这件事情。马莎姨妈正好也在，她说："路上开车的时间太长了，病人也需要有人照顾，到时候我也一起去吧。"

"好啊，拐杖婆婆有美女照料，一定很高兴。"崔先生笑着说。

既然马莎姨妈要亲自去，胡骄姨父马上说话了："加上我吧。"

"也加上我。"香拉说，"我要把红儿的飞刀绝活学到手，哼，看谁敢惹我！"

胡马丽花和香露起初并不积极，胡马丽花生怕乡下会有咬人的红蚂蚁，而香露怕当地的海风会很大很大，把她细嫩的皮肤吹得跟乡下小孩一样。

马莎姨妈看出她们的顾虑来了，她说服胡马丽花一起去，说多了解一下乡村孩子的生活是很有意思的事，回来还能写出好作文。马明舅舅听说这件事后，打电话要香露也参加，说香露有点娇生惯养，老在家里，视力也不如以前好了，最好能和乡下的小孩交朋友，学些户外游戏回来。

小张舅妈也赞成香露去乡下转一圈，不过，她的想法

不好惹的蜜蜂老师

和马明舅舅的想法不同，她说："多好啊，去呀，去呀，就当是免费的旅游。我们跟单位去参加农家乐，每个人还要自己从腰包里掏钱呢，乡下的土鸡很鲜美的，到时候带几只回来呀。"

后来，由马莎姨妈当总指挥，她决定由胡骄姨父开着心爱的公务车送拐杖婆婆，公务车里能多坐一些人。马莎

姨妈来当拐杖婆婆的贴身大护士，一路照顾，还让香咕她们四个当拐杖婆婆的贴身小护士，协助她做一些事情，比如递水果、送糕点什么的。

最好玩的是，崔先生也乘上了公务车，他坐在副驾驶的位子上。这样，胡骄姨父开车开累了，想打瞌睡的时候，崔先生就可以替换他了。

小张舅妈也想一起去凑热闹，可是胡骄姨父不乐意，

他悄悄地对马莎姨妈说，听见小张在车子里说些无趣的话，他就容易打瞌睡。当然，马莎姨妈没有对小张舅妈明说，只是请她留在家里照顾外婆和外公。

小张舅妈在拉岛间嘀咕说："你们的马莎姨妈使小心眼，她不欢迎我去……公务车是能挤下的。马莎是阔太太，花钱大手大脚的，我就看不惯，看了多心疼，也不怕败家呀。你们的小张舅妈是守家的聚宝盆，看我把日子过得多好，我把自己的钱和你马明舅舅的钱都攒下来了。告诉你们，胡骄对我印象特别好，他说过很多次，最欣赏会持家的女子呢！"

星期六一早，胡骄姨父开着"小飞船"来了。拐杖婆婆早已换上了新做的衣裳，头发梳理得好好的，她把钥匙交给外婆保管，开始和小区里的邻居们道别，说十多年没回老家了，很想念故乡，可是一旦真要离开小区，她还是很舍不得。她会想念朝夕相处的邻居朋友。

"等把身体调养好了就回来。"外婆说，"不要难过，你看，有一车子的人送你回家乡，那些儿女成群的老太太也没有这样的福气呀。"

"我知足，很知足。"

"没事的。"崔先生说，"哪天想回来了，您打个电话来，我们马上再去接您。"

拐杖婆婆的老家靠着海，"小飞船"跑呀，渐渐地，路边有织渔网的人了，还能看见晒着的鱼干。

当车子开到红儿家时，院子里早已挤满了人，都是来迎接拐杖婆婆的。

"家来了？姑奶奶！"那些海边的人都那么叫着，他们说拐杖婆婆的辈分很大，像她那一辈的人，渔村里已经不多见了。

香咕到后就先找红儿，她一眼就把红儿给认出来了。她长高了，但还是爱穿红衣服。她看见香咕高兴得跳了起来，两个人使劲儿地搂着，比上次分别的时候还要亲热几倍呢，因为她们好久不见了，友谊越存越深厚了。

红儿说："香咕好姐妹！香咕好姐妹！"

红儿妈又高又胖，像根柱子，她弯下腰在喂两只羊儿，那两只羊很要好的，听说是好兄弟呢。她告诉大家，红儿因为要和香咕见面，激动得一夜都睡不着了。

红儿家把最好的堂屋让给拐杖婆婆住，又把楼上的房子腾出来让给客人休息，还给香咕她们每人发一个红包，这都是当地的风俗呀。

马莎姨妈让香咕她们收下，哈，红包里放的是几个硬币。不过她们没料想在这里会收到红包，是好事呀，她们很珍惜这种飞来的惊喜，所以很快乐。

午餐吃的是红儿爸亲手捕来的鱼儿、虾儿。红儿妈做了一桌海鲜大餐。

不好惹的蜜蜂老师

下午，崔先生和胡骄姨父跟着红儿爸出海去钓鱼。崔先生和胡骄姨父成为话儿说不完的知己，就像胡骄姨父和小爹爹差不多。

马莎姨妈陪着拐杖婆婆，还有红儿妈，她们在家里包馄饨、打年糕，准备丰盛的晚餐。而香咕她们跟着红儿出门去玩。

红儿带着她们去看自己的学校，她们的小学真小呀，校门口还是土路呢，但是学校的名字很容易记，也很可爱，叫熊猫小学。

后来，红儿还带着她们搭车，一起坐在装水果的马车上去赶集。在集市上，她们碰到红儿的一个本家婶子，她是做甘蔗汁买卖的，她看见红儿家来了小客人，榨了五杯甘蔗汁送给她们喝。

回来的途中，她们没有搭车，一边走，一边采野花野果。后来有些下雨了，她们走进村庄时，脚下的石阶路滑溜溜的，青色的苔藓吱吱作响，真的很有意思。

夜里，马莎姨妈和胡骄姨父带她们去住红儿家的小渔船，那只小船叫"渔家乐"。她们一家和崔先生坐在船头看月亮，听水声，还叫了夜宵来船上吃，有糖粥、米糕、三鲜米粉什么的。临睡前，红儿一家送来了晒得香喷喷的被子和枕头。

崔先生和胡骄姨父还帮着红儿爸撒下了渔网呢。天亮后，红儿来了，她帮着崔先生收渔网和渔钩子，呀，捕到了很多鱼，红儿留下一些招待客人，其余的就拿去集市上卖。

这天下午香咕她们没去集市，而是去林子里玩。结果她们发现小水道里有不少死鱼，而有的鸟生的蛋是软壳蛋。

她们回去后就说了。崔先生回答说，这一带有造纸厂，废气和废水污染了这里的水道和林子，所以鸟儿生的蛋是软壳的。

红儿她们渔村里有一个特别热情的女孩，她认识香咕

她们后，就陪着她们一起走。可是当香咕注视她时，她就很紧张，咬着指甲，等待香咕先开口。

红儿说她是一个留守的孩子，叫妞儿，她的爸爸在城里打工，每年过春节时才能回来团聚一次。

后来香拉想出新点子，吵着说要在林子里打猎。但她不会打猎呀，再说也没有弓箭、刺刀，她说："猎不到东西不行。"

这让红儿很为难，她想了办法，让香拉来猎一些苍蝇和飞虫，可是香拉要求很高，她不想玩不稀奇的事情。她非要打猎杀野兽。

结果妞儿把家里的小公牛给牵来了，算香拉打猎打到的野牛。

她们在树林里玩，享受着树林和水流的风光，欣赏着绿色，香露忽然想起体检时自己的视力很不好，所以开始猛看绿色，猛做眼保健操。

到了周日的午后，胡骄姨父的小飞船驶出了渔村，很多热情的小孩截住了车子，大家送香咕她们土特产，什么海参、海葵，还有海虾米呢，有的还送上了热情的话语。

红儿舍不得大家走，躲起来流眼泪了，而那个妞儿却相反，她挤过来，要跟香咕勾手指儿，勾完之后又说："我一定会去看你们的！"

五　蒙面大盗

不好惹的蜜蜂老师

香咕她们送拐杖婆婆去故乡的事情，在整个小区里传开了，大家都说这是小香咕想出的好点子，所以她变得有名了。很多邻居跑来问她拐杖婆婆的情况，连何桑的爸爸何老板都不例外。有一天，他在小区里遇到外婆带着香咕她们在散步，就走过来问："喂，你们家里哪一个小孩叫小香咕啊？"

外婆把小香咕叫过来，说："这就是香咕，何老板问起你呢。"

何老板打量着香咕，说："是她吗？她真的就是有名的香咕吗？"

香咕看看何老板，笑一笑，她可是早就认识他的呀，以前找过他不知多少次。每次她跟他告状，说何桑不讲理的事情时，他总是心烦意乱的，一边抹汗，不等她说完就嘀咕道："知道了，知道了，让我把阿桑教训一顿是吧？唉，你们这些告状的人怎么不怕麻烦呢……阿桑也不争气，就不能做些让大家高兴的事情吗！"

"我就是香咕。"香咕上前一步，说，"您不认识我了？我早就认识您了。"

"哦，哦，是好像见过面的，就是没对上呀。"何老板和蔼地说，"常听阿桑说起你，还以为你是一个大个子的厉害女孩，没想到，是个小个子的小妹妹呀。"

"何桑经常说起我？"香咕奇怪地问，"为什么呢？"

"她好像很看重你的，动不动就说，不能让小香咕看笑话。"何老板说，"阿桑要面子，不然就不会出洋相了……我家的阿桑脾气犟得很，像一头牛，她看得起的人一定是有大本事的。看来人不可貌相，你一定不简单。我希望你跟阿桑成为好朋友。"

"好的，好的。"香咕由衷地说。

也许，何老板回家后把见过香咕的事情说了一遍。听说何桑很不高兴，觉得小香咕在外面放风。反正何桑不喜欢被香咕比下去，哪怕她想说的话被香咕抢了先，她心里也会气的呀，因为她把香咕当成"冤家对头"。

她扛着肩膀，走路时故意把脚步踩得重重的，像小卡车开着似的，她气呼呼地找到香咕后，离老远就对小香咕嚷嚷说："听说你想和我做好朋友？"

"这……"香咕说，"要看你是不是愿意。"

何桑笑一笑，说："好啊，可以，很好，我没有不愿意呀。和你这种小魔骨交往，做好朋友也不会死人的吧。不过，从你嘴巴里说出来的话，可不能反悔呀。"

香咕说："你什么意思呀？"

"你要是反悔收回去的话，我就不客气了。"何桑往地上吐了口唾沫，说，"知道我是谁吗？你惹了我，我就让你跟这唾沫一样不值钱。"

她说的话好难听呀，好像伸着凶狂的拳头在香咕面前

挥动似的，她说的"知道我是谁吗？"就是威胁的话。香咕盯着她看，心想：我太知道你是谁了。你就是小女霸何桑，可是我小香咕不怕你。

"你算是去过海边了是不是？"何桑问。

"是真的去过了呀。"香咕说，"我们是前天刚刚回来的。"

"别神气，你去过海边了，很多事都能弄明白吗？说吧，你知道什么叫虾兵蟹将吗？"

"这……"香咕说，"我们去捕鱼了，渔网里有不少虾和蟹，都是活的。"

"不是问你这个。"何桑大叫一声，"我才不想知道你们捕鱼的事情，我没问的事情你就不要打岔。我就要问你最简单的虾兵蟹将。"

香咕说："以前看童话书的时候，看到海底龙宫里有老龙王，还有虾兵蟹将的，不过在生活里它是一种比喻吧。"

"错！你也有说错的时候呀。"何桑说，"你去过海边，却连虾兵蟹将都说不清楚呢！我怎么能交你这样的白痴朋友呢。"

"那你说，虾兵蟹将是什么？"香咕不服气地说，"你说吧。"

"是一道汤，把螃蟹肉和虾放在一起煮汤，这道菜就

叫虾兵蟹将！"何桑说，"你连这个也不懂，还活着干什么？"

小香咕说："我们在海边也吃了这样的汤，但是菜名不一样，你知道叫什么吗？"

"我不想知道。"

"它叫'虾蟹斗'，每一个地方都会有不同的叫法。说不出一道汤名没有关系，因为能知道蟹和虾煮在一起很鲜美，是一道海边的美餐就行了。"

何桑说："算你有理。那么我再问你，你说，狗狗从来不刷牙的，嘴巴里的狗牙会不会都烂掉呢？"

香咕说："最好不要给它们吃甜食……因为没有人教会它们保护牙齿，它们也不懂细嚼慢咽，也不会刷牙，又没有手指可以挖，不会用牙签剔除粘在牙上的食物……"

"真啰唆，快说点最重要的道理。"

"不必担心，狗狗一般不会有问题的，去看一看吧，它们的牙齿分得很开，不容易嵌住食物，另外在狗狗的唾液里天生就有杀菌的作用，所以有时它们嘴里的细菌比人嘴里的还少。"

"哦，是这样。"何桑说，"算你答对了……这些，我很早就……懂了。"

"那么，请你再问一些与大海有关的问题吧。"香咕说。

"不行，我要问和大海无关的事情。"何桑转着眼珠子说，"为什么滑雪队长在滑雪时要走Ｓ形？"

"沿着Ｓ形曲线走斜坡，可以减少坡度。"

何桑见香咕又答出来了，从鼻子里哼了一声，说："那么，我问你，有什么办法可以让狗狗坐在椅子上。"

"只能让它蹲在椅子上。"香咕说，"狗狗在人的椅子上是坐不稳的……"

"好了，好了，不想问你了。"何桑说，"算你好死了，快说，那些答案你都是从哪里偷来的？"

"从书本里得到的呀。"香咕说，"你也可以去看书呀。"

何桑理也不理，走掉了。也许是话不投机吧，她好像更不高兴搭理香咕了。

有一天，香咕在小路沙沙那里散步，突然跑出一个蒙面大盗，大盗长得高高大大的，只露出两只眼睛，头上是像刺猬一样竖起来的发型，裤子外面套着裙子式样的塑料布。大盗拦住香咕，瓮声瓮气地叫了几声，然后说香咕在海边喝过一种古怪的汤，吞食了一肚子皮，那种汤是放了毒的，所以她肯定很快要死了，不相信的话，现在就去数一数自己的心跳声吧，已经很不对头了，要死的人都是这样的呢。

说完恶毒的话，蒙面大盗就逃走了。大盗的身高好像

比何桑还要高出一截呢。大盗特意还说："问我姓什么？别以为我姓别的，我只姓'天上'，懂不懂，你心里想的秘密事都瞒不掉了。"

香咕没等大盗走远，就往崔先生家跑，想叫崔先生抓大盗，可是大盗逃得很快。

香咕站着数自己的脉搏，糟了，果然是比平常快了很多。

"真的是要死了吗？"她想着，心里很难过。

这时崔先生走出来了，他听了香咕的讲述，哈哈大笑，说："什么，你要死了？"

他的笑声让香咕感到温暖，她想了想，开始沉住气，大声唱歌，唱着唱着，她的心就不再慌乱了。这时她再轻轻地按住脉搏来数，哎呀，很对头呀，正好是一分钟七十二跳，不多跳，也不少跳。

过了一天，何桑找到了小香咕，说："告诉你一件秘密的事情，蒙面大盗昨天拦住我，派给我一件任务。"

"大盗也来找你了？"香咕叫起来，"你有力气还有小刀，为什么不和大盗搏斗呢！"

"因为大盗对我很友好呀，他没抢走什么，也没让我留下买路钱，还把一笔钱交给我，我现在就分一半给你。"

"给我钱？"香咕说，"我不想要大盗的臭钱呀。"

"他想做个好大盗，非要借钱给我们。"何桑把五百元

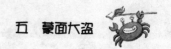

钱取出来交给香咕，"喏，给你，你帮大盗藏好了，到时候再还给他，加一点利息给他就可以了。"

"我不想管那么多钱。"香咕说，"也不会给他利息的。"

"不收可不行。"何桑说，"拿着，帮大盗藏好，不给利息也算了，但你不能跟别人说，不然大盗会很不客气的。大盗个子那么大，他有资格来欺负小孩的。"

何桑把一卷钱塞在香咕口袋里，香咕只能把钱接过来，悄悄地在拉岛间里藏好。她想不通，为什么大盗那么有钱呢，像是开银行的，还非要把这么一笔钱交给她看管着。

何桑代蒙面大盗来问香咕那笔钱藏好了没有，说那笔钱很重要，一定不能被人搜走，不然的话，大盗会打死她的。

"不会被搜走的。"香咕说，"不过，我要把钱还回去，因为我没想要问他借钱。"

"他一定要你借，这样大盗才会处处保护你。"何桑说，"如果有人抢你东西、欺负你，你可以告诉大盗。"

"我可不想找个大盗做保护人。"香咕说，"那是丢脸的事情。对了，大盗的钱是不是偷来的？我要不要把这钱交给警察呀？"

"不要，不要。"何桑慌慌张张地说。

过了一天，何桑就带来了大盗的口信，要拿走那笔钱。香咕说："他再晚来一天，我就交给民警汪伟民了，我可不想给大盗办事情！你交给大盗后告诉他，以后不要再来找我，还有，直接去找民警吧！"

"好吧，好吧。你别管了，我送还他。"何桑取过钱，小心装好后走了。

连着几天，何桑没有来学校露面，车大鹏听到了传说，说何桑快要死了。可是刁莉莉站出来说那是谣言，何桑没有什么事，只是假装生病，抗议她的爸爸何老板。这次何老板把何桑辛辛苦苦攒了好几年的五百元零花钱搜走了，他觉得她留着私房钱，早晚会惹出大麻烦来的。

"五百元是何桑的钱？"香咕叫出了声。

"对呀，她想多留些钱，以后把毛尾巴小玛丽赎回来。小玛丽在主人那里不像以前那么受宠爱，它的主人又收养

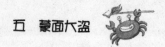

其他两条狗呢，那两条都是博美犬，很讨主人的欢心呢。"

"哦，我明白了。唉，要是何桑把真实的事情全告诉我，我就会帮她的。"香咕恍然大悟地说。

不知刁莉莉是怎么跟何桑说的，也许她是好意，可是事情反掉了，何桑更加怀恨在心，觉得香咕看不起自己，因为何桑总把别人对自己的怜悯看成是最大的侮辱。

六

甜嘴儿的小吻

香咕的同桌叫梅花，她可以算是香咕的新同桌，香咕另外还有老同桌的呀。梅花坐到香咕身边的时间不像车大鹏那么久，差了好多呢，可是她们的感情快要超过老同桌了，因为梅花和香咕已经是无话不谈的好朋友了。

梅花爱画画，她能画出水里游的老海龟，画出高山上的雪莲，画出浪涛里的小船，还能画出古代的美女和佩着宝剑的武士呢。

不久前，她正式拜学校的美术老师为师，常常去王老师家求教。她喜欢画画，天天画也不觉得累，所以她越画越好了，快成为"小神笔"了。

梅花听给香咕她们上美术课的个子小小的王老师说，写生很重要，所以每到了周六、周日，梅花就背着画夹出门去写生。她去的次数最多的地方就是离小区不远的街心花园。

香咕常常陪梅花一起去写生，街心花园很美的，有一大片绿地，那里种的草一年四季都是绿油油、毛茸茸的，像用毛线织出来似的。如果天气晴朗、万里无云的话，香咕喜欢仰起脖子看绿地的上方，眯缝起眼睛，心里能装下奇大无比的一块蓝天，让人感觉很宽心，就像心儿进入了一个暖和的季节。

围绕着草地有树丛和一些情调小店，像小时装店呀，卖冰激凌的店和书报亭呀。有小店的地方总是聚有一些散

步的游人，他们的悠闲步子看上去真
让香咕喜欢，好像在过好日子，很体
面的。

　　特别有趣的是，绿地那儿坐着一
位卖鸟食的老太太，游人要是买了鸟
食，就能亲手喂养树丛里的小鸟了。

　　在树丛里、小店的屋檐下、草地
上，停着一群群的小鸟，那是它们的
地盘，它们飞飞停停，无忧无虑，夜
里在一起安静地休眠，清晨好
像也是同时醒来的，一只鸟儿
开始唧喳叫起，所有的鸟儿便一起
叫起来。

　　下雨的时候，不知道小鸟们去
哪里躲雨的，好像就看不见了。它
们很爱惜自己的羽毛的吧？因为那
是它们最美丽的装扮。

　　梅花写生结束后，喜欢拉着香
咕说有趣的话，她们两个人是好伙
伴。有时香咕带着书去看，有时带
着纸去画一画。偶然遇上一些野小
子来捣蛋，她们能相互壮胆，也能

想办法来对付了。

另外，梅花总要请香咕在她每一幅写生底下写一段文字，说这样她们就有了共同的作品。她们在有文有画的纸上签下很多个名字，两个名字都是挨在一起的，她们相信这样她们的友谊也能长久。

香咕喜欢去街心花园还有别的理由，在这街心花园里，她曾饰演过车大伟的女儿，那天她得到过那么响亮的掌声，令她永远不会忘记。要是爸爸妈妈那天也在场那该多好，她很想让他们为她的表现而自豪。

这天，香咕和梅花又去街心花园了，梅花画了一幅风景画，画的是一棵含笑树。都快画完了，突然飞来了高空炸弹——有鸟屎落下来，打在她的画上。

"这只臭小鸟，"梅花无可奈何地说，"你的臭炸弹开花了！"

那是一只漂亮的小鸟，圆溜溜的眼睛，尖尖的嘴喙，鹅黄色的颈毛，背上则是天蓝色的羽毛，闪亮着神秘的光泽，它叫起来的声音特别脆。当它听见梅花的嗔怪，好像心变得挺甜的，嘴巴一张，说人话了呢："你好——你好！"

香咕说："它一定不是故意的，听听它的叫声，对我们很友善呀。"

梅花盖上一些纸吸一吸，用橡皮把高空炸弹的污渍擦掉，说："香咕，你把什么都往好的地方想。"

"你叫什么名字呢？"小香咕问那小鸟。

"甜嘴——儿，甜嘴儿。"它说。

正说话呢，忽然从斜刺里飞过来一张网罩，一下子罩住了甜嘴儿。甜嘴儿一声声凄惨地叫着，在那网罩里翻滚、挣扎，像一只彩色的会动的绒球儿一样，有几根好看的羽毛飞落在地上。

"谁呀，干吗呀？"梅花叫起来，"是偷鸟呀！"

香咕赶紧回头看，捉鸟的是一个三十多岁的男子，长得高大，胖乎乎的，有点啤酒肚子。他说："小朋友，这只鸟是刚从我的鸟笼子里逃走的。"

"你能说出它叫什么名字吗？"香咕问。

那人直眉愣眼的，答不上来，他说："鸟嘛，就叫鸟，鸟和人不一样，不图名分，只图快乐，非要有什么名字干什么。"

"不对！不对！"香咕说，"你说不出鸟的名字，就证明这只鸟儿不是你的。"

"别胡说了。"那人取出一种哨子，放在舌尖上，吹起了哨儿，哨音婉转，像鸟语一样好听，周围一群小鸟都飞过来停在他的肩上，他顺势又逮了几只鸟，放进网罩里，说这些也是从他的鸟笼里逃走的，"它们都有共同的一个名字，叫俏小鸟。"

不好惹的蜜蜂老师

那只甜嘴儿最为不服，还在领头造反。它不停地撞网，漂亮的羽毛飞落了一根又一根，嘴里还叫"甜嘴儿，甜嘴儿。"

梅花对香咕耳语说："甜嘴儿肯定不是他的鸟。"

香咕灵机一动，就对那个人说："甜嘴儿是我们的鸟，你快放了它，还给我们。"

那人理也不理，扬长而去，脚步越走越快。他嫌那甜嘴儿的叫声越来越惨烈，就使劲儿抖搂着网罩。

香咕不屈不挠地追上去，一边追一边喊："把甜嘴儿放了，放下我的小鸟儿！"

这时，在街心花园卖鸟食的老太太也赶过来，把那人给截住了。那人恨恨地瞪着香咕，二话没说，把手儿伸进鸟网，捏拿住甜嘴儿，举起手往地上一摔，说："不识抬举，灭了你算了！"

甜嘴儿被摔在草地上，一只爪子受了伤，耷拉下来，也许是伤心和害怕的缘故吧，它的身体不停地颤抖着。香咕想帮它包扎伤口，但它侧过身子，不想让她注意到它的伤口，一心要把受伤的小爪子藏起来。

卖鸟食的老太太说，刚才那个人就是鸟贩子，他很差劲儿的，看见树丛里有值钱的小鸟就设法逮走，加很多钱去倒卖。有时他只逮到一些普通的小鸟，像麻雀什么的，逮到后一下子卖不了高价，他就把鸟的毛儿拔掉一些，弄得怪里怪气的，再涂上颜料，冒充是异国来的鸟儿。他说甜嘴儿鸟是他的鸟，完全是骗人的鬼话哩。

"这种坏人，应该驱赶他。"梅花说。

"赶不走哪，他用他的坏赚了钱，还用钱雇了捕鸟帮，都是小孩呢，他们给他当小工，这样他自己就能躲在后面，不引人注目。他给捕鸟帮发了一种哨儿，一吹，很多鸟儿就会昏头昏脑、迷糊、受骗，跟着钻进了网罩。"

香咕和梅花把甜嘴儿带到小路沙沙那儿，找到一棵低矮粗壮的桃树，用草和树枝给它在树杈上搭了个窝。她们叫来了车大鹏和高庄他们。为了甜嘴儿，向他们发出求救信号。

车大鹏、高庄他们都怀有侠义心肠，开始四处捉小虫儿，捉到后就装进一个小瓶子里，挂在鸟窝前的树枝上。

终于，甜嘴儿开始吃虫子了。过了一天它的心情好转了，又开始说："你好！你好！"

站在树下的人都拍着手儿说："你好！你好！"

大家都为自己救下了一只小鸟而兴奋。

那只甜嘴儿一天比一天活跃，渐渐地，它能飞下来在草地上觅食，它对自己的窝好像不太满意，又衔回来一根根枝条来加固它。

甜嘴儿很聪明的，它很快就认得了香咕和梅花，经常飞过来停在她们的肩上，只要她们手心里有鸟食，它就跳

下来，用钩钩一样的尖嘴啄食。有时吃完后，它照样还要啄着她们的手心，但是它啄得很轻，是亲热的表示，大概是相当于人类的"吻"吧。

车大鹏和高庄也得到了"吻"，被一只小鸟吻是很醉心的感觉。

可是有一天放学，香咕发现甜嘴儿不见了。

大家真着急啊，站在桃树边，看着空空的鸟巢议论纷纷。梅花提议赶快去花鸟市场。找那个鸟贩子算账，小鸟肯定又被他偷走了。

这时，何桑说："不一定吧，你们去管一只小鸟干什么？它可以飞到东，也可以飞到西，它和人是不一样的，它在每一棵树上都可以做窝的，你们懂不懂？"

"可是，它是我们大家的鸟，我们喜欢它，它也喜欢我们，所以我们一定要找到它。"香咕说。

"哼，找去吧!"何桑大笑起来。只见她从口袋里取出一只奇怪的哨子，一吹，竟然有好几只小鸟飞过来了。

车大鹏急了，挥挥手，赶紧把它们轰走，说："快逃，快逃，离捕鸟帮的坏家伙远一点。"

"你真是捕鸟帮的人？"香咕问何桑。

"我不是，我不是。"何桑说，"我才不要甜嘴儿呢，你们的鸟是被别人偷走的。"

"何桑肯定是捕鸟帮的人，不是才怪哩。"梅花轻声

说。

香咕、梅花还有车大鹏，马上去街心花园找卖鸟食的老太太打听。她告诉他们，那个捕鸟人在熟食店附近的花鸟市场里有一个摊位。

他们赶去了，果然，甜嘴儿被关在那人的鸟笼里，但它是一只烈性的鸟，正在不停地撞击着笼子，鸟嘴儿都已经撞出血来了。

车大鹏和香咕他们不由分说，上前七手八脚地打开笼子，把甜嘴儿救了出来。

"付钱！付钱！"贩鸟的老板说，"它是我花大钱从熟食店的女孩手里收来的。"

"何桑不承认她干过这种丑事。"车大鹏说，"她亲口说鸟不是她偷走的。"

他们把甜嘴儿接了回来，把它的窝搭在一棵更高的银杏树上，在树干上贴了纸条，告诉大家，树上有一只大家的鸟，它叫甜嘴儿，会说"你好"，请大家注意保护它。

过了几天，又发生了一件意想不到的事情。

是何桑打电话给香咕，叫她马上领人去抗议那个鸟贩子。何桑骂那个人是天底下最坏的生意人，是一大块鸟屎，因为他把答应给她的钱全都赖掉了。

"这个鸟贩子尝到甜头了，他早晚会把小区里自由的小鸟全抓走的。"何桑说。

"你为什么会……转变呢?"香咕小心地问何桑。

"是正义感。"何桑说,"我就是不能看着这些坏蛋占别人的便宜,他那里每只鸟的收购价是五元,卖出一只小鸟时,要卖几十元。哪只小鸟逃走了,他还要从捕鸟帮的小孩那里把钱扣回去……在我的地盘上,要是小鸟都被捉光了,再也听不到小鸟的叫声,这里就不热闹了呀。"

香咕和梅花他们商量了,决定去鸟贩子的摊位前抗议,让他把偷走的鸟全都放飞,还它们自由,还要叫大家不要买他的鸟儿。

那天,他们一行人先在小路沙沙那里排演了一遍,他们好多人都装扮成鸟儿的模样,特别是车大鹏,他最认真呀,把赛仙婆婆的皮大衣偷偷取出来了,反穿在身上,像一只大鸵鸟。

他们在鸟贩子的摊位前呼吁的时候,何桑就躲在远处狂笑。

可那鸟贩子看见何桑了,冲过去把她的哨子夺了回来,说何桑太坏了,死要钱。就因为他把收甜嘴儿的钱扣回去了,她就领着一帮小孩来瞎闹。所以他再也不要她当捕鸟帮了。

何桑也很生气,对香咕说那个鸟贩子的坏话:"还自称是'天上先生'呢,其实,他坏得很,应该叫'垃圾先生'。"

不好惹的蜜蜂老师

香咕听到"天上先生"，觉得很耳熟，就说："他是那个蒙面大盗吗？"

何桑连忙把话岔开，说："不太一样呢。我问你，你为什么要管那甜嘴儿呢？图什么呢？"

香咕回答不上来，好像什么也不图呢，就是她听见心里有一个纯净的声音在说："小鸟真可爱，小鸟真可爱。"

可爱的东西就要保护呀，可爱的东西多了，世界也变得可爱了。她专注于这个心愿，一心要做到最好，要是她像何桑想的那样，是在"图什么"，那就不是香咕了。

何桑见香咕答不上来，就说："不告诉就不告诉，没什么了不起的，我早晚会探听到的，你的秘密瞒不住我何桑的。"

七 「白雪」病的秘密

不好惹的蜜蜂老师

这一阵，何桑又接二连三地招惹小香咕，她叉着腰，对着香咕指手画脚，预言说香咕的头发开始变黄了，变成"黄毛丫头"后还会再变成秃头的无毛丫头。

可是香咕不予理睬。

何桑看见小香咕笑眯眯的，又说小香咕是狼心狗肺，爸爸得了那种病还笑呢，要是换了她何桑碰上这倒霉的事情，肯定会哭得像死人一样，说不定真的就哭死了，反正家里的人死了，自己活着也和不活差不多。

香咕听了心里发沉，周六早上，她给外婆外公留下一张条子，说自己去附近散心玩耍，然后就跑回万民路自己的家里去了。快跑到家门口的时候，她像冲刺一样跑步，幻想着推开门能看到亲爱的爸爸妈妈。

可是她家的门仍然是锁着的，家里没有爸爸妈妈，房间自从他们离开后就一直很冷清呢。小香咕没有钥匙，进不去呀。她妈妈是有意不给她钥匙的，担心她会三天两头地往这里跑，没心思住在外婆家了。

但她还是用手指轻轻地敲一敲门，侧耳听一听自己清脆的敲门声响过之后，房间里又陷入一片沉寂，她有点难过，就静静地站在门边想一些事情。

以前，爸爸出海回来，就喜欢带着她和妈妈出门散步。他一路上挥着手打拍子，为她们唱好听的歌曲。爸爸多爱自己的家呀，走在洒着阳光的路上回家时，他总说这个美丽的家就是一个月亮，妈妈是漂亮的嫦娥姑娘，香咕是可爱的小玉兔，他自己就是吴刚。他们一家会幸福地生活下去，一百年、一千年之后，他们还相互爱着彼此呢。

这时，刁婆婆从她家里走出来了，她是一个好心的老婆婆，和她孙女刁莉莉可不太一样，她说出的话都是很温暖人心的，让人愿意往下听，不会让人听了她说的话，就觉得心里一揪一揪地疼。

"香咕，你爸爸妈妈最近没有回家来。"刁婆婆说，"不过，他们有一把钥匙留在我这里，这样你来的话就能进家门了。"

多好的爸爸妈妈呀，他们连这些小事也为香咕想到了。

香咕说："谢谢刁婆婆。"

刁婆婆把房门打开了，告诉香咕说："我今天一天都在这里，哪里也不去，只要需要，随时可以叫我，我就会过来陪着你的……你还记得我们说好的暗号吗？"

"记得的，"香咕说，"你在门板上敲三下，就代表'你好吗？'敲五下就代表'我很担心你'。"

"好的。"

香咕走进房间，发现家里还和离开的时候一样整洁、温暖，屋子里有一种闻到后就会心软的气味，那种气味是家的味道，别处不曾有的。

香咕翻箱倒柜，想多寻找出爸爸妈妈的东西，闻一闻它们，就从那上面找寻以往的回忆，家里到处是爸爸妈妈的痕迹，太多了。她一直在心里想着他们，那一份眷恋不会因为分离淡忘掉一丝一毫的。

　　她翻到了爸爸的一张照片，照片上的爸爸很英俊呢。记得刁婆婆也夸过爸爸，说他应该去当大明星。可是爸爸不高兴去当什么大明星，因为他更喜欢大海，他当大水手就能守着大海呀。

　　客厅里，爸爸的手风琴还在，爸爸有很多和他长得一样精神的水手朋友，有时候他们来香咕家聚会，爸爸也会拉起手风琴的，于是房子里充满了年轻人的笑声。叔叔们都说想做香咕的爸爸，还扬言要把她抢走。可是到了夜深人静，他们全都告辞走了，每个人都有自己的生活呀，这里留下了相爱着的香咕一家人。

　　香咕看见手风琴，心里就安心了，谁都抢不走爸爸的，她和爸爸妈妈是一家人，他们是不能拆开的，永远要在一起的人啊！

　　可是，她又想起爸爸现在改变了许多，他瘦了，眼睛更大了，走路时会像稻草人那么晃起来，妈妈还伸手扶着他呢。

　　忽然，香咕看到了爸爸留下的很多纸条。他在冰箱上还贴着纸条呢，是这么写的：里面有你妈妈买的甜舌

头——就是你最喜欢的小牛奶冰卷呀，吃了后心是甜的。

爸爸在饭桌上也留了纸条，写着：我让你妈妈把桌布和椅子都换成了粉红色，你是不是喜欢？

在大橱上，爸爸也贴了一张纸条，没有写字，只是画了三颗心，它们是相互连接的，没有一丝缝隙。

在书桌上，爸爸还给香咕做了一本假书，里面一篇一篇的文章全是他写的，每一篇都写了每一个年龄要做的事情，她先翻看爸爸写的"香咕九岁要做的事情"，写着：要多和好的朋友在一起，与好人在一起，容易变得更好。

香咕的眼泪一下子流了出来，她好想爸爸妈妈啊。

这时，香咕听见有人敲门板，把门打开后发现是刁莉莉。她像一只长颈鹿，探身往里看一看，然后才说："我奶奶叫你去吃点午饭。"

刁婆婆做了一桌子的菜，像要招待贵客似的，她说刚才特意打电话把刁莉莉请来了，因为小女孩最知道小女孩的心思，香咕有刁莉莉陪着，午餐才能吃得更加愉快。

"刁婆婆。"香咕鼓足勇气把话挑开，说，"何桑老说我爸爸出事了，活不长了，这是真的吗？"

刁婆婆说："谁那么说话呢？是何桑吗？这个女孩怎么这样？她平时老和我家莉莉在一起，看上去还很厚道的呢，我以为她很爱帮助人，她怎么这样呢，真失望呀。"

刁莉莉和何桑是好朋友，所以等刁婆婆去找饮料时，她对香咕说："我们谈话时，不要提起何桑好吗？我帮她说话你会不高兴的，但是如果我不帮她说话，心里会不痛快的。"

刁莉莉说自己也没想到会和何桑成为朋友的，这和她交朋友的失败经历有关，在念一年级的时候，她就很喜欢同班的一个女孩，想和她做最亲近的朋友，可是她一直没有说出来。有时候她脾气不好，对那个女孩很冷淡。但是到了后来，那个女同学有了自己最要好的新朋友，她想和人家做最要好的朋友已经晚了，所以，她现在要永远和何桑做最好的朋友。

香咕说："你说，那个一年级的女孩是谁呢？"

刁莉莉笑了，说："就是你呀，小黄豆。"

小香咕也笑了。

她们正在吃美味的牛排，马莎姨妈陪着外婆找过来了，她们放心不下小香咕呀。

外婆和马莎姨妈把香咕带回了外婆家，一路上，马莎姨妈紧紧地搂住香咕，而香咕却搂着爸爸做的"假书"。

马莎姨妈告诉她，她的爸爸是患了重病，但是他很坚强，是好样的男子汉，而她的妈妈也是最棒的妻子，她毅然地守候在丈夫身边，与他一起承受痛苦。爸爸妈妈没有告诉香咕这件事，是心疼她，不想让她担心。再说爸爸妈妈很有把握，他们一家早晚又会团聚在一起的。

"可是，我想常常见到他们。"香咕哭着说，"我已经长大了。"

"不要去听何桑的话。"马莎姨妈说，"她敢这么使坏，我来告诉何老板，罚她一天禁闭，在家里闭门思过。"

"一天还不够，应该一天半。"香咕说，"她的话多么刺心呀，她说爸爸得的是'白雪病'……马莎姨妈，为什么叫'白雪'呢？"

"不是'白雪'病，"马莎姨妈说，"不过，你就当是'白雪'病吧，那是一种很凶的病，说它凶，是因为它要考验病人的毅力和信心。"

"我爸爸是最棒的。"香咕说，"马莎姨妈，我也想帮我爸爸的忙。"

"乖香咕！"外婆哭起来，"你爸爸他心情不好，他怕你看到他当病人的样子会害怕，你不会嫌弃他吧。"

"我才不会呢，爸爸心情不好，是因为没有听到我给他讲的笑话，要是他能经常见到我，听我讲笑话，他的心情就会很好了。"

"多自信的孩子。"马莎姨妈说，"或许她的话是有道理的。妹夫一定也是想着香咕，那种思念之苦压在他心里也不好。"

香咕默默地流泪了。

"可怜的香咕。"外婆说，"你想哭，就当着外婆的面大声哭吧，千万不要独自哭，那样太可怜了，没人劝慰会感到很孤独的。你不能当着你爸爸的面哭，那样他会比你伤心一百倍。在他面前，你一定不能哭，要很快乐，不能表现出忧愁的。"

不好惹的蜜蜂老师

"我不哭。"香咕强忍着伤心，说，"爸爸生病了，我懂得了生命的含义，我要帮爸爸和病魔打仗，我恨那些病魔，不会向它们认输的。"

"多乖的香咕。"马莎姨妈说，"马娜和妹夫能有香咕这么好的女儿，真是修来的福气啊。"

当天下午，香咕还在回想上午发生的这些事情，心里堵堵的，她悄悄走到小路沙沙那里，对着那些圆圆的像芽芽的石头诉说自己的心愿。

"我已经长大了，能够为爸爸妈妈分担忧愁了，我发誓，要带快乐给他们，不让他们增添一丝忧愁。"

后来，马莎姨妈找到了香咕，给她听手机里的声音，原来是香咕的妈妈打来了电话，说她和爸爸商量过了，决定让香咕每个周日下午去医院探望爸爸，陪爸爸说一会儿话。这样做，不但是为了香咕，也是为了爸爸，爸爸盼望能把宝贝女儿搂在胸前，教她唱大海的赞歌呢。

第二天，香咕就去了医院。爸爸脱下帽子，给她看自己掉了头发后的样子。香咕摸摸爸爸的头顶，说："我想象的你就是这样的，我有一个英俊的爸爸，现在又多了一个秃头爸爸呢。"

爸爸听了也笑了，告诉她，他的脾气曾经很不好，不想当香咕的秃头爸爸，为了这个还对医生发过火，扔过药瓶，还气哭了香咕的妈妈。

"现在不会了，"香咕说，"我来了。"

"对呀，我的女儿来了，我的一切变好了。"

香咕给爸爸讲准备好的小幽默，还给爸爸唱歌、跳舞、说学校的见闻。当她说到男孩们做大粪饼干时，爸爸高兴极了，都忘记了患病的烦恼，他说："我该快点好起来，去打他们的小屁股。"

妈妈看爸爸笑了，说："好多天他都没这么高兴了，笑得像个孩子似的。"

"是啊，医我病的最好的香咕医生来了，我的病一定会好起来的。"

香咕在心里说：我的爸爸一定会好起来的，"白雪病"啊，我们会把你赶走的，赶到冰天雪地的雪山下面去埋起来，因为爸爸是心里永远有阳光的人呀，他能把冰雪融化掉，让它变成一条河，流呀流地流走了。

可是，那只是香咕的愿望啊。

不好惹 的蜜蜂老师

有一天清早，香咕躺在大水床上，听到睡在身边的小表妹香拉长长地叹了一口气，说："我决定马上就变一变。"

"你怎么了？亲爱的小表妹，是嗓子疼吗？"香咕一骨碌坐起来，问，"只要你吃了药，就能变成一个嗓子不疼的小姑娘。"

香拉摇摇头，说："我要变得你们都不认得我！懂不懂，我要变坏，因为学做坏孩子很容易，学做好孩子却很难很难呀。"

"你怎么会那么想呢？为什么说学做坏孩子很容易呢？"

香拉说，当然容易喽，想学坏，就不照着校长说的去做事呗。校长说每天要按时上学，你要做听话的学生多累啊，迟到几分钟还要挨训呢。你学坏，就可以按相反的方向去做，想晚去学校就晚去，不想去就装病，然后在那些小店附近兜兜风，偷偷懒，那多自在呀。

还有，校长说学生要诚实，不能咬人，你不听的话就可以到处去吹牛、说谎、骗人吧，生起气来想咬人的时候也不用克制，上前就咬。校长说，要努力学习，考出好成绩，你要是不想听，看到考卷就逃走。成为坏孩子，都不用学的呢。

"是谁跟你说的？"香咕问。

"你猜不出的。"

"是何桑对吗？"

　　"你猜错了。"香拉说，"是一个蒙面大盗说的，他的名字叫'天上'。"

　　"'天上'也找你了？他还说什么了？"香咕问。

　　"他让我听大师姐的话。"香拉说，"这样到了过年时，我就会得到一份奖赏……他说等我变成了坏孩子，要是哪一天想再变回来，小杨老师和外婆都会更加喜欢我了，叫我'拉拉好心肝'。"

　　"你不要听'天上'的话。"香咕说，"你要变成坏孩子大家会伤心的，而且有的人变成坏孩子后就再也变不回来了。"

　　"你不要说了，不然，我要咬你了。"香拉说，"我现在已经想好要做坏孩子了，所以我咬了你后不会怪自己，因为不算是我在咬人，就算是熊在咬你。坏孩子就应该那么想。"

　　香拉的话，香露和胡马丽花都听见了，她们兴奋地说："你变成咬人的熊？那好，我们就可以打猎了，打到后就把你送到动物园去关起来。"

　　"我现在还没变。"香拉说，"到今天晚上才开始变呢！"

　　当天放学后，香拉一直没有回家，直到天黑了，还不见她的踪影。外公独自去学校里找了一遍，又到玩具店去了一趟，都没有看到香拉，这才小跑着回来。

外婆一听，慌张地说："不好了！不好了！我的心肝拉拉不见了。"

"香拉失踪了？"香露也问。

香咕连忙说："会不会是跟着何桑一起出门了呢。"

外婆带着香咕她们一起到旧公房里去找何桑，谁知，何桑在家呢，她把壮实的身子探出来一点，得意地说："你们找错地方了吧？这里没有你们要找的于香拉！"

她们路过崔先生家时，发现那里黑洞洞的，门窗都锁得紧紧的，连一只苍蝇也休想飞进去呢。

外婆失望地哭起来，她担心香拉被坏人拐走了。她反复念叨，说拉拉心肝是马琳和小杰交给她管的宝贝，要是出了什么事，她不想活了。

香露说："放心，才不会呢，香拉就是被拐走了，过不久别人也会把她送回来的，因为那么麻烦的小孩，谁也不要。"

香露一直认为，老天为了惩罚她，才给了她这样一个难缠的小表妹。

回到家后，香咕发现小木拖不见了，说："香拉把小木拖也带走了，所以她不像被拐走的，是自己走的。"

外婆伤心死了。后来她把马莎姨妈和马明舅舅叫来了，小张舅妈也跟着来了。

那个小张舅妈很怪的，还叫马明舅舅到垃圾桶旁边去

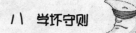

看一看，说流浪的小孩会在那里找吃食，他们的身上臭烘烘的。

"你怎么能说这种话呢。"外婆生气地说，"我的拉拉心肝不会逃走的，她有这么一个温暖的家呀。"

香咕见家里乱成了一团，就又出了门，走到小路沙沙那儿去。月光下的小路沙沙很静谧，闪着月影和灯影，小路上好像又亮又滑，像小河，又像镜子。她在那里静静地想：香拉会去哪里呢？她悄声问小路沙沙："小路沙沙，你知道香拉什么时候能回来呢？"

小路沙沙说："沙沙。"

"清风会把全家人的思念带给她，让她马上回来吧。"

"沙沙！沙沙！"

突然，她抬头看到何桑在家里跳舞，巨大的身坯乱蹦乱跳，她的影子还在墙上乱扭乱扭的，一定是在狂欢呢，她的两只手还做着"胜利"的动作，"V"字映在窗影上。

香咕想了想，不动声色，再次上楼去找何桑问话。

她沿着黑黑的楼道走上去，听到了旧旧的房间里何桑大声唱歌的声音，好像还有轻轻的狗叫声。

香咕轻轻地敲了敲门。

里面的唱歌声停住了，何桑用低沉沉的声音问："谁？"

香咕勇敢地说："我！"

何桑不知是谁，好奇地把门打开了一点儿缝，把她一只眼睛露出一点来，认出是小香咕后，她轻蔑地说："快走，不然我叫蒙面大盗吃了你。"

香咕壮大胆子，说："我不怕，我要找香拉。"

"你给我磕一百个响头，我才告诉你。"何桑说。

"一个头也不磕，你必须告诉我。"

"好吧，我来告诉你，她离家出走，去看外面的世界了。她喜欢流浪，找一个没人认识她的地方去做坏孩子。"

"这都是你教她的，快告诉我她现在在哪里？"

"可以说，不过你现在马上开始打喷嚏吧，你打一个喷嚏，我给你指个方向，你打两个喷嚏，我让你起一身鸡皮疙瘩，你打三个喷嚏，我让你长猫的胡子，你打四个喷嚏，那，马上你就开始恶心呕吐，就像有了小宝宝一样，哈哈！哈哈！"

香咕趁何桑说恶毒话的时候，肩膀用力顶着，把门推开了，挤进了房间。她看见何桑的床上躺着一条小狗，不由得说："是毛尾巴呀！"

何桑很恼怒，开始动粗的，把香咕推出门去，还恶狠狠地说："去死吧，你去死吧！"

香咕火速跑回家，这时马莎姨妈正要打电话报警呢。香咕说："何桑，她一定知道香拉在哪里。"

马莎姨妈说："好吧，我马上去找她一趟。"

不好惹的蜜蜂老师

马莎姨妈去敲何桑的门，这下何桑没敢拒绝，因为马莎姨妈的名声很好，平时对何桑也很友善。她们说了一会儿话后，马莎姨妈带着何桑一起下楼了。

何桑抱着她的小狗毛尾巴，眼睛红红的，她好像更恨香咕了。当她看见香咕站在旁边，就把膝盖屈一屈，假装没站稳，一个趔趄向前，她的大脚便狠狠地踩在香咕的脚面上，她的嘴里还说："唉，对不起，我可不是故意的。"

马莎姨妈挑香咕做她的助手，然后带着她和何桑坐上了出租车，出发了。

在出租车上，何桑逮住车子拐弯的机会，狠狠地拧了小香咕一把。何桑拧人跟用钥匙开锁一样，当她拧恨着的小香咕时，下手还要更狠心呢。

小香咕说："哎哟，哎哟。"

马莎姨妈问："怎么啦？"

何桑说："是她肚子疼吧，她的肚子里可能生了有毒的虫子。"

何桑把马莎姨妈带到一幢公寓面前，指着香咕说："她不能上去。"

"好吧，香咕，委屈你在这里等一等吧。"马莎姨妈说，"千万别走开呀。"

香咕还是忍不住，悄悄尾随着她们上楼去了。她有点为马莎姨妈担心，因为马莎姨妈根本就不知道何桑有多坏呀。

何桑把马莎姨妈带到毛尾巴的主人家里。香拉正坐在门口哭泣，以泪洗面呢。她看见马莎姨妈就扑上来大声哭起来，说："我害怕！我害怕！大师姐叫我像木头人一样坐着，什么也不要说。"

何桑说："怕什么，大师姐说好来接你的呀，这不来了吗?"

毛尾巴的主人从何桑手里接过她家的小玛丽，说："这位姐姐说让她的妹妹在这里坐一下，她带小玛丽去走一圈，结果她带着狗走了，把妹妹忘记在这里了。你们再不来，我就要找到熟食店去了。"

"不是来了吗?"何桑说，"我不会不要妹妹的，主要是这狗一出门就跑丢了，我追呀追，现在刚把它追回来。"

香咕想："全是假话，全是假话。"

可是马莎姨妈不做声，香拉也不做声，都给何桑留着面子呢。所以那位女主人还对马莎姨妈说："看来这一切都是有原因的，以后我还是会欢迎这对姐妹来看望小玛丽。"

"谢谢您。"马莎姨妈一手搂着香拉，一手搂着何桑。那何桑趁机紧紧地依偎在马莎姨妈的身边，说："您真漂亮呀，马莎姨妈您真漂亮呀。"

香咕看了心里酸酸的，她可不喜欢何桑叫自己的姨妈是"马莎姨妈"，更不愿意马莎姨妈把何桑看成是"自己

家的孩子"。

很快就回到家了，外婆外公都高兴坏了，搂着香拉不肯松手。小张舅妈趁势让马莎姨妈打电话去叫人送夜宵来，她推荐的那一家店，是她的老乡开的，她说夜宵很好吃的，有麻辣烫，还有各种甜品。

马莎姨妈马上照办了，等她办完这一切就跑到香咕面前，抱一抱她，说："你对香拉的真心，我看到了。你是个很用心的孩子，很聪明，今天你又立了一大功。"

"可是，可是何桑不是好东西。"

"我知道的。"马莎姨妈说，"她把香拉当人质了，她想把毛尾巴带回家玩一玩……可是我们谈好了条件，我答应她不再追究这件事。既然这样，只能妥协了……"

何桑很感谢马莎姨妈没有到处说她的坏话，快到年底的时候，她给马莎姨妈买了一样新年礼物。

不过她的礼物很古怪，是一颗假的美人痣。

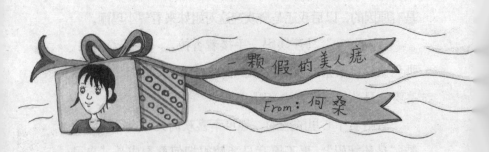

一颗假的美人痣

From：何桑

九

警官上门啦

不好惹的蜜蜂老师

香拉经历了那一次短暂的"做坏孩子"的尝试，有些后怕了。说自己那天不敢大哭，也不敢打电话回家，就怕蒙面大盗"天上"看她反悔了，会来找她算账的。听说大盗砍起不守规矩的人来，像切西瓜一样呀。

香咕说："以后你还是和我们几个表姐在一起吧，因为你还小呢。"

"说得好呀。"马莎姨妈说，"树叶在树林里才最安全呢。"

"可是蒙面大盗说，如果我不按大师姐说的去做，就会倒霉的。"香拉说。

她一边说话一边吃东西呢，说着说着，香拉的门牙突然掉了，她顿时就傻眼了，说："完了，我不能再提蒙面大盗了，不然我的牙齿全会落掉，变成老太太的。"

"不会的。"香咕说。

"就是会的，"香拉说，"蒙面大盗天上亲口说的，谁把他说出去，他就要显灵了。"

小张舅妈常常会偷听小孩们说话的。她听到香拉的顾虑后就说："不可能，哪有什么蒙面大盗呀，如果有，我让民警汪伟民把他抓起来！"

说完这一席话后，小张舅妈就去附近的花鸟市场闲逛了，她想往毛经理家送一盆漂亮的植物，因为别的贵重东西，毛经理什么也不缺呀，已经太多了。

　　可是小张舅妈去了不久就回来了，还哇哇大叫，说自己的钱包找不到了，被窃走了。

　　"是蒙面大盗干的。"香拉说，"他叫'天上'，他把钱藏在了香咕那里。"

　　后来，香拉说的那些话传出去了，大家都知道这里来了一个蒙面大盗，会诅咒人、会偷钱包。还有一件事挺奇怪的，曾经把几百元钱交给香咕收藏，香咕不肯，大盗还不答应。

　　男孩车大鹏听到后非常生气，他站在小路沙沙上问香咕蒙面大盗的事情，说："哼，他要是再敢在我们小区吓唬小姑娘，我就把他绑起来。"

　　这话让何桑听见了，她从窗户里扔了一堆橘子皮下来，说："大棚车，你不要在那里乱嚷嚷了，你声音那么尖，人家蒙面大盗以为你也是一个小姑娘呢。"

　　"不行，他要是来了，先和我格斗吧，让我来教训他。大盗到底是男的还是女的？"车大鹏扬着脸问何桑。

　　"不知道。"何桑说，"都不是。"

　　"那他是不男不女的。"车大鹏说，"是丑八怪吧，长着獠牙，有大鼻子，不然蒙面干什么，明抢就是了。"

　　"去你的。"何桑冲下面吐了一口唾沫，表示轻蔑。

　　车大鹏感到自尊心受到了伤害，何桑老说香咕很喜欢大棚车，他听见了很不好意思的。不过，在香咕面前车大

不好惹的蜜蜂老师

鹏总想变得很好。因为他想着和她重新再当同桌，他还是受不了刁莉莉，两个人一比，香咕文文静静，从不多嘴，总是给他留面子，是个好姑娘。就是他叫她"小黄豆"，她也是温和地一笑，从来没有"暴力行为"的。

何桑的挑衅让车大鹏怒气冲冲，他扔上去一块石子，击中了何桑家的窗格，何桑倒下来一盆洗碗水，车大鹏没有躲掉，气得他骂骂咧咧："何桑，你们女的想要翻天吗？看我们男的怎样把你们收拾了。"

何桑受不了，冲下楼来找车大鹏算账。高庄他们赶来帮车大鹏的忙，把何桑拖住，推在墙上。

何桑吃了小亏大声呼叫香咕，让小香咕帮她忙呢，小香咕有点看不懂了。

何桑开口就骂："没有志气，女的不帮女的，到时候开除你。"

他们的"世界混战"弄得香咕很心烦，按理说她应该坚决站在车大鹏一边的，可现在车大鹏把女的都骂进去了，她还能帮他吗？就算车大鹏是好心，只是说话粗鲁，可是依然有很多女孩上前来给何桑助威，说"收拾他，谁叫他想收拾我们呢。"

车大鹏和高庄其实是何桑的对手，不会再被她打得落荒而逃。可是女孩们都赶来了，有的还大骂他，他只好拉着高庄就走，嘴上还说："我没空收拾何桑了……医生在

家里等我。"

"医生"是指他的妈妈，车大鹏对他的妈妈是很孝顺的。可是他正要撤退的时候，何桑再次发威，冲上去猛推车大鹏。车大鹏摔了一跤，把鼻子磕破了，出了很多血。他还说："何桑，你和蒙面大盗都会败在我手下的，等着我发威吧。"

关于蒙面大盗，女孩们听了都不开心，有些恐慌。

香咕更是啦，她还替那蒙面大盗藏过钱呢。不知为什么，她不喜欢自己这么做，想要纠正。她把这件事告诉了外婆，外婆劝了她，可是劝说没有用，小香咕还是很不高兴。

外婆又叫香露劝劝香咕，香露正在练芭蕾舞的动作，就停下来，跳了一个夸张的大大舞，逗得香咕笑起来了。

有一天，香咕和车大鹏他们又在小路沙沙上碰见了，彼此说起长大后的打算。车大鹏说着说着，就说起在家受魔鬼老哥车大伟的气，在学校受何桑的气。他说魔鬼老哥应该叫车大胃，因为他的食量很大，又很贪心，而何桑应该叫没桑，让她消失最好。

这时，他们看见汪警官走过来了，他是这一带的民警，穿着笔挺的制服，很威严的。他走过来说："你们听说过蒙面大盗的事情吗？"

"您也知道了？"车大鹏兴奋地说，"警官就是不一样。"

"你们小区有人打电话到警署，说起这件事情。"汪警官说，"你们有见过蒙面大盗的吗?"

"我见过，很高的个子，他说叫'天上'。"香咕又说了大盗藏钱的事情。

汪警官把听到的记下来，然后把他电话告诉香咕和车大鹏，说再有蒙面大盗的消息可以直接给他打电话。

后来才听说，打电话去警署的是小张舅妈，她要汪警官马上抓获蒙面大盗，破案后能帮她把钱追回来，如果再晚，恐怕钱包里的钱都要被花光了，那是她辛辛苦苦收来的房租啊，有好几千哪。

香拉听到这个消息后，连忙把电话抢过来，跟汪警官说，把心爱的小木拖藏在汪警官那里才最保险，不然的话，哪一天蒙面大盗再上门来，会把小木拖抢走的。

"放心吧。"汪警官说，"有我呢，小妹妹，我会把蒙面大盗的事情查清楚的，让他露出真面目。"

小张舅妈经常去汪警官那里催问案子的情况，把打听到的一点道听途说传给汪警官，比如什么鸟贩子的化名就叫"天上"……

小张舅妈每次从警署回来后就使劲儿地夸奖汪警官，说他为人热情，尽职守责，还外表帅心灵美，别看他是公安，可是手儿特别巧，能用牛奶盒做成漂亮的花盆，用核

桃壳拼成船模。

香拉也喜欢汪警官，有时小张舅妈去警署，她也要跟着去。

后来才知道，香拉去是要看汪警官养的两只荷兰猪，她说它们长得跟小木头和小木拖很像的。

香拉在作文里写汪警官，说自己和他是最好最好的朋友，然后又把汪警官爱护她的事情写得很好很好。

"就是要让别人眼红。"香拉说。

不久，汪警官真的帮小张舅妈把钱包追回来了，但是那个小偷好像与蒙面大盗无关，与那个叫"天上"的鸟贩子也无关，那是一个老扒手，他看上了小张舅妈鼓鼓囊囊的钱包了。

小张舅妈拿到了这笔失去后又找回来的钱，非常高兴，说："我要大请客，好好庆祝我的房租又归我了。"

她去商场买了很多散装的杏仁酥，又买了冰砖和生煎馒头，还有几包话梅，都是她本人平时喜欢吃的。她说："我买了甜的、咸的、冷的、热的，酸的和不酸的，硬的和软的……大家尽情地吃吧。"

外婆却有点不高兴，嘀咕说："她住着我的房子，又把房子的另一半租出去，每个月收的房租从来不给我，她请客花的全都是我的钱呀……"

马莎姨妈劝外婆说："庆祝一下也不错，总比让扒手花好多了，她总是您的儿媳呀。"

马莎姨妈很会说话的，这样外婆才又高兴一点了。

小张舅妈还打电话邀请汪警官一起来聚会，结果汪警官没有空，说要先把"蒙面大盗"的案子破了才能安下心来。他没有来香咕家，倒去找了车大鹏呢，当然现在车大鹏已经不比以前了，被大家改了名。

自从车大鹏和何桑拼过一次，又被许多女孩骂了之后，他在男孩中的威信居然提高了很多，男孩们叫他"车大"，后来，连女孩们也这么叫他了。

何桑听说后，也想做女孩中的"何大"，可是没有人响应，有的女孩还偷偷叫她是"没桑"呢，只是何桑不知道，而别人全知道了。

图书在版编目（CIP）数据

不好惹的蜜蜂老师/秦文君著.—南宁:接力出版社,2008.1
（小香咕新传）
ISBN 978-7-5448-0143-0

I.不… II.秦… III.儿童文学-长篇小说-中国-当代 IV.I287.45

中国版本图书馆CIP数据核字（2007）第181072号

总策划:白 冰 黄 俭 黄集伟
编辑顾问:李 玲 责任编辑:崔莲花 陈 邕
美术编辑:卢 强 插图:王 静 媒介主理:覃 莉
责任校对:张 莉 责任监印:梁任岭

社长:黄 俭 总编辑:白 冰
出版发行:接力出版社
社址:广西南宁市园湖南路9号 邮编:530022
电话:0771-5863339（发行部） 5866644（总编室）
传真:0771-5863291（发行部） 5850435（办公室）
网址:http://www.jielibeijing.com http://www.jielibook.com
E-mail:jielipub@public.nn.gx.cn

经销:新华书店

印制:三河市和达印务有限公司
开本:850毫米×1168毫米 1/32
印张:3.875 字数:75千字
版次:2008年1月第1版 印次:2008年3月第2次印刷
印数:30 001—50 000册
定价:11.00元